LOUIS VEUT PARTIR

David Fortems

LOUIS VEUT PARTIR

roman

Robert
Laffont

Ouvrage édité par Emmanuelle Dugain-Delacomptée

ISBN : 978-2-221-24700-6
Dépôt légal : août 2020

La forêt pleure aussi

Le soleil s'est couché sur celui qu'il était.

P'tit Louis est mort. Allez, pleure pas, mon garenne. Ça me fait bizarre d'avoir vu son corps. En fait, on se rend pas compte. C'est marrant, avec Corinne, on en parlait il y a pas longtemps. De comment on ferait si un enfant *partait.* Et voilà que deux mois et demi plus tard, non, trois, attends, quand c'est qu'on se demandait ça avec Corinne ? Trois bons mois, pas moins, c'était encore les vacances, on était en Belgique à Bohan quand on en parlait, ben si, on fêtait Noël avec Mumu, oui trois mois déjà, putain ça file le temps. Trois mois, et puis nous y voilà. Chienne de vie. Allez, P'tit Blond, chiale pas. Enfin. C'est des souvenirs.

Qu'il la ferme.

Fred a beau être sa plus vieille connaissance, à ce moment-là Pascal n'a envie que de lui rentrer dedans, de lui gifler sa gueule de porc, plongée dans son mauvais pinard qu'il a ramené pour l'enterrement, ses fonds de cave. Fred est un bon gaillard mais il est radin comme personne. Pascal a appris à vivre avec sa personnalité, mais pour ça il a toujours du mal. Fred travaille dans le bâtiment. Il a une grosse baraque dont il se vante à la première occasion. Le genre de mec qui, à un mariage, va te tenir la jambe pour te décrire la manière dont il a changé ses fenêtres. Fred est gros. Toujours plus gros. C'est fou comme le corps humain s'étend. Pascal a l'impression qu'à chaque fois qu'ils se voient, Fred a enflé. Son bide est carrément inhumain. Pascal sait que, dans son camion, Fred a du mal à bien tenir le volant parce que son ventre est dans le chemin. Pascal n'aurait pas dû l'inviter. Louis l'avait toujours détesté.

Louis était son fils unique. Dix-huit ans à peine. Ils avaient chichement fêté son anniversaire à la maison, début janvier, un gâteau, un bouquin en cadeau et c'était plié. Louis n'aimait pas les anniversaires. Mais il aimait les livres. Pascal n'avait jamais compris. C'était comme ça. De corps, ils ne se ressemblaient pas trop, mais ils avaient un visage similaire. Tout le monde lui disait c'est dingue Pascal comme ton fils te ressemble. Louis était petit, enfin de taille moyenne. Il disait toujours quand je marche dans la rue je vois que des gens plus petits ou plus grands, ça veut dire que je suis moyen. Pascal en riait. Louis était un peu gros. Enrobé plutôt. Pascal n'avait jamais le temps de cuisiner et ils bouffaient toujours à la va-vite des trucs réchauffés. Mais Louis essayait de faire des efforts, il passait parfois des jours sans rien manger. Il avait les yeux bleus. C'était ce que Pascal préférait chez lui. Il parlait peu. Ça ne le dérangeait pas plus que ça. Il aimait bien le silence entendu qu'il y avait entre eux. Il lui demandait si tout se passait bien à l'école et Louis répondait que oui. Pascal sentait son devoir accompli. Il se vantait souvent auprès de ses collègues que son fils réussisse à l'école. Mon fils a seize de moyenne ! Il sera riche plus tard, il va faire des études. Pour le reste, Pascal ne comprenait pas trop le fonctionnement de Louis. Quand lui était jeune, il séchait tout le temps les cours, se foutait de la classe. Tout ce qui l'intéressait, c'était d'aller taper un foot avec les gars d'à côté. Pascal avait grandi auprès de livres, mais ses parents à lui achetaient tout par thème, l'histoire, les animaux, la Bible, ils achetaient seize volumes sur un thème et rien d'autre. Le peu que Pascal ait lu, c'était pédagogique, un peu chiant au début, faut rentrer dedans, mais au moins t'apprenais quelque chose. Louis, depuis tout petit, se plongeait dans des histoires qui n'existaient pas. Pascal l'emmenait à la bibliothèque de Bogny puis à celle de Thilay quand, il fallait bien se rendre à l'évidence, Louis avait lu tous les livres de son âge à celle de Bogny. Puis ça recommençait à mesure que ses lectures évoluaient. Pascal devait se coltiner la bibliothèque toutes les semaines, mais il faut dire qu'après ça, il avait la paix.

Depuis le jour où il avait appris à parler, Louis n'avait plus jamais pleuré devant son père, pour quoi que ce soit. Et depuis qu'il savait lire, il ne se plaignait jamais, ne criait pas, ne courait pas, ne bougeait pas, jusqu'au moment où il finissait son bouquin. Alors il se levait pour aller en reprendre un autre et ne changeait plus de position. Un boulimique de littérature. Pascal relativisait. Après s'être coltiné la bibliothèque avec Louis (qui pouvait choisir ses livres pendant des heures), il avait la tranquillité. Combien de fois avait-il entendu les histoires de ses collègues à l'usine, parler de leurs enfants comme d'une corvée, réduits à l'état de bouches à nourrir et de mains à occuper ?

Louis lui foutait royalement la paix et Pascal, sans jamais le formuler, lui en avait toujours été reconnaissant. Le dos éreinté par le fer et l'usine, l'une des dernières en activité dans la vallée de la Meuse qui semblait échapper à la désindustrialisation de la région – quand les autres usines fermaient à la chaîne, eux n'avaient jamais entendu parler de plan social ; ils trouvaient même ça bizarre, à la longue. Pascal n'aurait pas eu la force d'assumer Louis seul le soir. C'est ça, aussi, les gamins qui grandissent sans mère.

Louis grandissait par à-coups. C'était sans crise. Un jour, Louis entrait simplement dans le salon en disant Papa, samedi soir, je sors. Il ne demandait même plus l'autorisation. Il affirmait. Pascal comprenait alors que son fils grandissait, qu'il commençait à s'amuser, profiter de sa jeunesse. Ou alors, il y a pas si longtemps, papa je pars une semaine chez une copine après Noël. Il répondait toujours par un oui résolu. Il avait confiance. Fais pas trop de conneries, hein, lui disait-il avec un regard de malice.

Pascal se remémorait sa propre jeunesse. Ses parents stricts, qui disaient non à tout, jamais d'accord. Il était obligé de faire le mur. Il s'était toujours promis de ne pas être comme ça avec ses enfants, de les laisser tranquilles. L'adolescence doit se vivre en toute liberté, dans un cadre défini.

Louis aimait rire. Il était drôle. Les rares fois où ils se parlaient un peu, ils se lançaient des petites vannes, et Pascal était fier de son humour. C'est la honte, un fils qui ne sait pas vanner. Pascal savait que Louis était une énigme pour ses amis de l'usine. Fred disait souvent putain P'tit Blond, ton fils il fait pas de sport, il regarde pas le foot, il lit des bouquins tout le temps, t'es sûr que c'est pas une gonzesse ? T'as vérifié qu'il a bien une *quette*, le garenne ?

C'est pour ça que Louis n'aimait pas Fred. Il l'entendait dire ses conneries et n'entendait jamais Pascal répondre. Les autres avaient fini par s'habituer et même par apprécier ce garçon mignon, un peu joufflu, qui ne faisait pas de bruit. Ils l'appelaient P'tit Louis, ou même Tintin parfois, à cause de sa houppette aux cheveux. Il avait beau se les laisser pousser, se les raser complètement, rien n'y faisait, toujours cette houppette. Parfois, Pascal et ses copains l'emmenaient pêcher à La Racine, cet endroit aux bords de la Semoy derrière le magasin Champion, juste avant que la rivière se jette dans le fleuve Meuse. Il s'asseyait dans l'herbe et continuait son bouquin en levant les yeux de temps en temps, pour s'assurer que tout le monde était encore là. Pour regarder le vide aussi, surtout dernièrement. Par moments, Pascal le sentait pensif, voire soucieux. Il voyait son regard se perdre. Mais que pouvait-il comprendre de l'adolescence de son fils, si différente de la sienne ? Quelles pouvaient être les inquiétudes qui l'habitaient ? Pascal se disait que ça passerait, comme tout.

Gégé lui lançait on est pas bien, là, Tintin ? Louis riait. C'était leur truc à eux. Louis répondait, ah ben si, regarde, on est posés tranquillement, gentiment, sans haine. Sourire entendu. Gégé retournait à son bouchon et Louis à son livre.

Pascal avait fini par se dire qu'il s'était bien débrouillé. Tout seul, il avait fait grandir un gosse sympa, intelligent, qui allait au lycée général Chanzy, à Charleville. Qui se plaignait jamais de rien. Qui savait la valeur des choses. Louis participait à l'atelier Sciences Po que proposait le lycée et espérait intégrer Sciences Po Lille, ou Sciences Po Reims à défaut. Depuis le collège, tout semblait clair dans sa tête : Sciences Po allait lui ouvrir les portes d'une autre vie et Pascal avait toujours su, qu'au fond, Louis lisait tout pour qu'on ne lui enlève pas sa chance. Il participait aussi au ciné-club du lycée. Une fois par mois, ils organisaient une séance au cinéma de Charleville. L'année passée c'était la Nouvelle Vague et cette année c'était le cinéma asiatique. Pascal avait essayé d'y aller, pour faire plaisir à Louis, mais il s'était ennuyé. À partir de là, il se contentait de venir le chercher quand c'était fini. Un jour, Louis était rentré avec ses notes de bac blanc. Moyenne : dix-sept. Pascal était content. Il lui avait tapé amicalement l'épaule en disant bravo mon fils, c'est bien, faut continuer, les mêmes mots qu'il lui disait toujours depuis la sixième et ses premiers bulletins et qui avaient l'air de fonctionner vu que Louis ramenait toujours les mêmes notes.

Robin a eu quatorze et ses parents lui ont acheté un MacBook Pro, avait-il répondu. Pascal ne savait même pas ce que c'était. C'est quoi ? Un ordinateur portable super cher, lui avait répondu Louis, son regard se détournant vers le sol. Pascal s'était senti mal. Il n'avait même pas pensé à une récompense. Si tu veux, samedi, on ira choisir un livre ensemble à Charleville, qu'est-ce que t'en dis ? Louis avait souri faiblement et avait dit merci papa mais te sens pas obligé, de toute façon, c'est pas pour ça que je travaille – juste parfois je me dis que d'autres ont beaucoup de chance.

Pascal avait ressenti une angoisse sourde. Son fils lui échappait. Il se revoyait, lui, à dix-huit ans, préoccupé par le foot et les filles, alors que Louis s'affairait à ses devoirs dans sa chambre attenante au salon. Pascal avait pris un job à l'usine pour payer son permis, il travaillait bien et au bout de deux mois on lui avait offert un CDI, un salaire pas dégueulasse pour un jeune de son âge, il pensait s'acheter une moto. Il avait signé et il était resté.

Louis allait partir. Pascal le savait. Il angoissait d'ailleurs, parce qu'il n'avait pas les ressources suffisantes pour garantir ses études à Lille. Il faudrait que Louis travaille ou alors qu'il fasse l'aller-retour Reims-Bogny tous les jours, mais même là, ça allait être compliqué. Enfin, au moins il ferait ses études. De toute façon, ça ne durerait qu'un temps et après il aurait un bon boulot et un salaire confortable, Pascal l'espérait. Son fils ne se casserait pas le dos à frapper du métal. Il avait fallu se mettre ça dans le crâne.

Puis un jour, t'es tranquille en pause déjeuner avec tes collègues à t'engueuler pour savoir si le mot fleur prend un *e* ou pas à la fin, t'es le seul à dire que ça n'en prend pas mais les autres insistent tellement que ça te fait douter. Tu te dis soit ils sont tous cons soit je me trompe. C'est eux qui sont tous cons. Le téléphone sonne tu réponds à l'appel et on te dit monsieur brigade criminelle et tu réponds oui qu'est-ce qu'il se passe, mais avec ce ton, ce ton qui fait taire tout le monde dans la salle, les yeux qui cherchent les tiens, interrogatifs, et là on te dit je suis désolé mais votre fils a été retrouvé mort, il faudrait que vous veniez l'identifier.

*

Pascal avait couru hors de la pièce, ses collègues hurlaient Pascal, qu'est-ce qui te prend ? Qu'est-ce qui se passe ? Il avait pris sa voiture, il roulait à cent trente sur la petite route qui coupe par la forêt et qui descend par La Rubrique, cet ancien quartier d'ouvriers avec ses maisons mitoyennes en rangs d'oignons. Il avait accéléré vers Monthermé, on le klaxonnait sans cesse, il s'en foutait. Il hurlait au volant. À La Racine, Louis avait pris le petit chemin qui mène au bout de l'île entre les deux rives, sur laquelle on a construit un pied du pont qui enjambe la Semoy. Là, juste à l'embouchure de la Meuse, Pascal avait vu Louis depuis sa voiture. Gros attroupement, police, pompiers, SAMU, tout ça pour rien. Pascal hurlait c'est mon fils c'est mon fils laissez-moi passer, il poussait tout le monde, la Semoy n'était pas très profonde. Il s'était agenouillé auprès de lui. Il tenait une boîte de médicaments au nom obscur dans la main gauche, vide. L'herbe était encore humide. Son fils, le corps déjà raide, déjà refroidi. Ses yeux bleus levés vers le ciel, ses pupilles dilatées. Pascal avait fermé ses paupières.

*

Quand Pascal pense à Louis, ses tremblements reviennent. Il a mis des années à les maîtriser. Mais ses mains se remettent à bouger à son insue ; d'injustice, de colère.

Pascal se tient dans le coin du salon, derrière la porte. Ses jambes cognent le sac à pain qui pend à la poignée, avec nervosité. Il regarde le monde entassé là, tous ces gens qui ne connaissaient pas vraiment son fils. Ce sont surtout ses amis de l'usine, de la ville. On dirait un événement mondain. Ils rient doucement et boivent. Comme si rien n'était grave. De sa main gauche, Pascal tente de cacher le tremblement de sa main droite. Il a peur qu'on le voie, qu'on s'en inquiète.

Fred boit comme un porc. Pascal se rappelle sa jalousie, parce qu'il avait réussi à faire un fils alors que Fred s'était tapé cinq gonzesses à élever. Il le lisait dans ses yeux. Cinq enfants, cinq filles et, à la fin, un nom qui disparaît.

Pascal veut du silence. La maison est bien trop étroite pour tous ces gens. Il a besoin de fuir. Il dit à tout le monde qu'il a envie de pisser, qu'il revient. Fais pleurer le colosse, dit Corinne, la femme de

Fred. Pauvre conne. En sortant du salon, Pascal ferme la porte derrière lui et se sent tout de suite mieux. Il se dirige vers la porte d'entrée au fond du couloir et, une fois dehors, se met à dévaler la pente.

Bogny-sur-Meuse, la petite ville des Ardennes où Pascal a toujours vécu, est une nouvelle ville, un regroupement de trois villages – Château-Regnault, Braux et Levrézy – qui en font une ville éclatée, sans réel centre. La petite maison de Pascal se trouve sur les collines de l'ancienne Château-Regnault.

Pascal court, l'air frais sur son visage. Il court. Il se débarrasse de sa veste de costume qui empêche ses gestes d'atteindre leur ampleur, la jette par terre avec colère, l'abandonne derrière lui. Il se débarrasse aussi de ses chaussures qui lui meurtrissent les pieds alors que son pantalon trop serré qu'il s'était offert pour un mariage ou une communion craque à l'entrejambe.

Tout ce qui lui passe par la tête, c'est cette question avec laquelle il faudra dorénavant se lever tous les jours : comment survivre à la mort d'un enfant qui a choisi de perdre sa propre vie ?

Pascal pleure et aimerait se convaincre que c'est la faute du vent, mais il sait bien que ses larmes sont réelles, de celles qu'on ne peut contrôler, qui tombent toutes seules. Il est content d'être loin de la foule ombrageuse qui pollue son salon. Il se sent faible.

*

Louis est mort et enterré au cimetière de Bogny, juste en-dessous de la maison. Déjà de l'histoire ancienne. Un visage parmi tant d'autres, condamné à la disparition.

Pascal traverse le pont et rejoint le chemin de halage, cette voie verte bétonnée le long du fleuve, qui relie Givet à Charleville. À cette heure-ci, tout est calme, tout le monde est au travail. Le ciel n'est qu'un écran blanc.

La tempête s'éloigne et les vents sont calmés. La forêt qui frémit pleure sur la bruyère. C'est ce que Pascal avait appris à Louis. Après de fortes pluies, une brume épaisse s'échappe des collines pour rejoindre l'azur. On appelle ça la forêt qui pleure. Ce phénomène fascinait Louis qui interpellait son père en voiture, n'importe où, pour lui dire papa regarde il y a la forêt qui pleure. Sur ça, Louis n'avait pas grandi. Aujourd'hui, c'est comme si la forêt pleurait sa mort elle aussi.

Pascal est essoufflé, il a trop fumé. Il a arrêté il y a quelques années, mais on ne retrouve pas ses poumons comme ça. Il a couru cinq cents mètres. Quand il se retourne, la brume est si épaisse qu'il ne voit même pas derrière lui. Ses pieds lui font mal. Il est en chaussettes, il fait attention où il marche mais s'enfonce quand même dans la forêt. Bientôt, la pente se fait plus rude et Pascal se rend compte qu'il ressent son corps avec une acuité rare. Les orteils douloureux, le souffle coupé, les cuisses qui ploient sous l'effort et les larmes au visage qui l'aveuglent à travers la brume. À genoux, Pascal se laisse tomber sur le côté, respire bruyamment. Il pense à hurler.

Des jours durant, cette envie de hurler.

Il ne hurle pas. Il contient son cri et ses sanglots, la tête contre les racines des arbres dénudés par l'hiver. Ses pieds sont froids, humides de rosée.

Pascal se sent d'une faiblesse abyssale. Étendu par terre, les yeux rivés sur les cimes voilées, il ne peut que se souvenir. Se souvenir de son garçon qu'il avait emmené camper une fois, là-haut à la Croix-Scaille. Pascal adore le bivouac, partir avec deux bâches, un sac de couchage, un peu de bouffe et de l'eau pour aller dormir à la belle étoile, faire un feu, et attendre le matin. Pas de portable, juste la nature et la conscience intime de sa propre existence.

Louis détestait la randonnée. Marcher pour aller nulle part, aucun intérêt. Mais un jour, Pascal l'avait forcé à aller bivouaquer avec lui, sur la crête, là où la colline rejoint l'horizon. Louis avait mollement accepté, avait boudé sur le chemin. Son sac était lourd, ses jambes aussi, la pente ardue, il faisait froid, c'était le tout début du printemps. Ça sentait les Ardennes. Il y avait *l'odeur* des Ardennes que Pascal n'avait jamais sentie ailleurs. Peut-être existe-t-elle à l'autre bout du monde ? Ça aussi, la conscience aiguë de n'être jamais allé nulle part, de ne s'être confronté qu'à son petit monde. Souvent, Pascal se disait que Louis aura connu le bivouac, la forêt, la nature, ce que ça fait de dormir à même le sol protégé par l'ardeur d'un feu. Tout le monde n'a pas cette chance.

La vérité, c'est que Louis n'a jamais eu la chance d'aller plus loin. Une vie confinée aux rives de la Meuse. Louis avait coupé du bois avec une serpe et ils avaient fait un feu tous les deux, dans le silence et la gêne. Ils avaient préparé leur couchage sur la bâche, puis Pascal avait regardé le ciel. Louis avait pris un livre. Ils n'avaient pas parlé. Pascal regrettait. Il avait souhaité plus que tout que Louis lâche son bouquin, qu'il soit là avec lui sans qu'il doive ériger cette barrière. À un moment, Pascal avait dit Louis, tu n'entends pas quelque chose ? Louis avait levé la tête de son livre, l'avait fixé patiemment, puis il avait scruté les alentours à la recherche d'un bruit aussi bien des yeux que de l'oreille. Il avait inspecté son environnement, puis lui avait lancé un regard pensif. Tu n'entends pas le silence ? Et là, pendant quelques secondes, les yeux de Louis s'étaient écarquillés. La lumière du jour agonisait, tout était immobile, rien n'existait d'autre qu'eux et ce silence. Alors Louis avait esquissé un sourire franc et rare. Il avait lâché son livre et contemplé le ciel avec lui pendant de longues heures. Une sorte de connivence muette.

Pascal gît sur le sol mouillé, boueux, la gueule sur les feuilles sales.

Tôt ou tard, tout disparaît.

Quand il était petit, Pascal s'endormait avec la peur au ventre que quelqu'un vienne le kidnapper et le tuer pendant la nuit. Tout ce qu'il avait trouvé pour se rassurer, c'était de se persuader qu'au moins, il découvrirait le mystère de la mort avant les autres. Pascal se demande si mettre fin à ses jours dans l'espoir de revoir Louis ne vaudrait pas le coup.

Il se remet debout quand même. La chemise blanche maculée de terre, les chaussettes trempées et sales, le pantalon troué, Pascal remonte le chemin de halage dans le brouillard. Il pourrait le parcourir les yeux fermés. Il passe devant la maison des Hollandais et se dit que ça fait longtemps qu'il ne les a pas vus. Il marche ce qui lui paraît être une éternité, le sol est trop dur. Il remonte le petit escalier qui mène au pont pour regagner l'autre rive. Les poivrots du café de la Meuse qui surplombe un peu le fleuve le dévisagent de loin. Philippe, le patron, était à l'enterrement et doit probablement toujours être chez Pascal. Il remonte la côte qui mène à sa maison. C'est une grande bâtisse qui fut séparée en deux parties, totalement identiques, en miroir. À l'époque, la propriété, non divisée, appartenait à un patriarche issu de l'aviation civile. C'est une maison en meulière, couverte d'un lierre épais, avec un long jardin que Pascal aime entretenir.

Il cherche le meilleur moyen d'éviter la foule entassée dans son salon, cette foule de corps amorphes qu'il peut très clairement discerner à travers les voilages de la fenêtre du bas. Heureusement, la porte d'entrée donne directement sur le couloir et sur l'escalier qui grimpe à l'étage. Pascal ouvre la porte avec précaution, comme un ado qui a fait le mur. Il se demande si Louis a déjà fait ça. Encore quelque chose qu'il ne saura jamais.

Sans faire grincer l'escalier, il monte et s'enferme dans la salle de bains. Son reflet dans le miroir n'est pas brillant. Il se déshabille et observe le corps gonflé qui est le sien, auquel il n'est pas encore habitué. Ce corps qui, il n'y a pas si longtemps, était vigoureux. Pascal était beau garçon. Grand et altier, finement musculeux, il avait son charme. Il s'était amusé avec pas mal de filles, rendait ses parents fiers, surtout son père. Il se souvient des regards entendus qu'il échangeait avec lui quand il ramenait des filles à la maison. Au fond, ces regards voulaient dire je t'aime. Louis n'avait jamais ramené de fille à la maison. Dix-huit ans, et Pascal n'avait rencontré aucune de ses copines. Il ignorait même s'il en avait déjà eu une. Pascal ferme les yeux en se disant que Louis est peut-être mort puceau. Il fait couler un filet d'eau du robinet et se nettoie le visage avant de se rendre compte qu'il ferait mieux de prendre une douche. Pascal ne pleure plus. Au jet brûlant ne se mêlent plus de larmes.

Il se rhabille proprement. Ses yeux sont toujours un peu rouges.

En redescendant, il congédie tout le monde, sans trop s'encombrer d'explications. Ils semblent tous comprendre : on dit que c'est la fatigue, la tristesse, la douleur, le deuil. Bientôt, il ne reste plus que le silence.

Quand il se lavait les dents, Louis ne tenait jamais en place. Il lui arrivait souvent de descendre regarder la télévision quelques secondes pour remonter cracher et ainsi de suite jusqu'à ce qu'il juge que c'était suffisant.

Pascal avait vécu seul avec Louis depuis qu'il était tout petit. Nathalie, sa mère, avait vite jugé qu'elle était incapable d'élever un enfant. Elle le tenait comme une corvée, fuyait son regard et ses sourires. Après la naissance de Louis, elle avait même insisté sans relâche pour qu'il porte des préservatifs pendant l'acte, alors qu'ils n'en avaient jamais porté avant, tant elle ne voulait pas prendre le risque d'être mère à nouveau. Un jour, elle lui avait juste dit je m'en vais, et Pascal avait compris. Il s'y attendait. Quelque part, elle n'y pouvait rien. Louis avait quatre ans. À l'usine, c'était un scandale.

Tu te retrouves comme une bonne femme avec un gosse sur les bras ? Pascal avait accusé le coup, s'était arrangé, avait modulé sa vie autour de l'existence de son fils. Il n'en voulait même pas à Nathalie. Elle l'aurait plus abîmé qu'autre chose si elle était restée. Louis avait demandé son prénom, un jour. Nathalie. Après ça, il n'avait jamais plus posé de questions. Comme si sa génitrice avait besoin d'être nommée pour être mieux oubliée. Parfois, Pascal essayait de lui dire, de façon détachée, comment elle l'allaitait, ce qu'elle lui chantait, ce qu'ils avaient en commun. Louis semblait ne pas entendre.

Corinne, la femme de Fred, lui faisait des réflexions. Un gosse a besoin d'une mère, Pascal. D'un papa et d'une maman. C'est pas normal qu'il veuille pas retrouver sa mère. Tu sais, les garçons et leur mère, c'est toute une histoire. Pascal restait calme. Elle n'en savait rien, la Corinne. Cinq filles qu'elle avait eues avec Fred, elle ne saurait jamais ce qu'est un lien mère-fils. Il pourrait presque mieux expliquer ces choses-là qu'elle. En vérité, il redoutait un peu le moment où Louis aurait voulu retrouver sa mère. Il ne savait rien d'elle et ne voulait pas savoir. Elle avait franchi les portes de la maison et point final. Elle ne s'était jamais inquiétée d'eux après son départ, n'avait jamais rien envoyé pour Noël ni les anniversaires, rien. Pascal et son fils vivaient tranquillement, seuls.

Pascal a envie de faire l'amour. Ça fait tellement longtemps. Après Nathalie, plus grand-chose. Quelques histoires par-ci par-là, des trucs insignifiants qu'on vit quand on est encore jeune. Quand elle était partie, il n'avait pas quarante ans.

Son corps s'est affaibli. Le visage s'est ridé, les yeux se sont affaissés. Ses lèvres sont devenues plus fines, presque un trait. La clope a pourri un peu ses dents, mais Pascal déteste le dentiste, il a laissé traîner. Le dos en vrac. L'usine. Pascal fait du sport, du vélo, il essaie de nager, il va courir. Il est robuste, mais il n'est plus le jeune homme qu'il fut jadis. Il regrette.

Adrien

On est vendredi et Louis n'est plus là. C'est ce que Pascal se dit en remontant se changer de nouveau. Il met son short de pyjama tout troué qu'il porte depuis des années. Le trou qu'il avait à l'entrejambe s'est agrandi en remontant, si bien que, quand Pascal s'assoit, tout son sexe en sort.

Il est vingt heures. Un téléphone sonne dans la pièce d'à côté. Pascal se lève et tente de distinguer d'où le son peut bien provenir. Il est persuadé d'avoir mis son téléphone en silencieux. Chaque message de condoléances lui rappelle la mort de Louis. Il préfère les ignorer. Il tâtonne à la recherche de l'interrupteur et, bien qu'il connaisse la maison par cœur, il n'a jamais réussi à trouver celui de la chambre de Louis dans le noir. Le son se reproduit, le son de cloche que faisait le téléphone de Louis et qui le rendait dingue. Pascal devine dans l'obscurité le faible éclairage de l'appareil. Il s'étonne que la batterie ne soit pas morte.

Au moins, quelque chose survit. Pascal traverse la petite pièce et s'empare du portable posé sur le bureau près de la fenêtre. Ce n'est pas un appel comme il l'avait imaginé mais une alarme. Il trouve ça étrange et la désactive.

Il tombe alors sur l'écran où il peut voir une multitude de messages et d'appels manqués qui datent du jour de sa mort – des amis qui s'étonnaient de ne pas le voir en cours. Il y a aussi un autre sms, beaucoup plus récent, reçu il y a vingt-trois minutes, d'un numéro que Louis n'avait pas enregistré. *Bon ma petite lope, quand est-ce que je te démonte le cul ?* Le cœur de Pascal fait un bond, sa respiration se coupe. Il déverrouille le téléphone (Louis n'avait jamais cru bon mettre un code) et y découvre toute une conversation ponctuée de photos. Louis, nu dans sa chambre. Le cliché est pris devant son miroir, il met ses fesses en valeur. Louis, à quatre pattes, dans son lit, cambrant son dos, le visage lascif. Louis, portant des sous-vêtements de femme, un string ficelle qui lui cisaille le cul, et les commentaires excités du garçon face à ces photos. *J'ai trop envie de toi.* Des photos de l'autre, par moments, sexe à la main, parfois torse nu, parfois dans des toilettes publiques. Il est beau, jeune, il n'a pas trente ans.

Pascal s'assoit sur le canapé. Il ne sait pas trop quoi faire. L'application du téléphone trahit que le message a été lu et que le garçon est en ligne. Il est en train d'écrire un autre message que Pascal ne tarde pas à recevoir. *Je peux passer, si tu veux.*

Pascal n'en croit pas ses yeux. Après une seconde de doute, il décide de répondre. *Non, mon père est chez moi.* L'autre répond du tac au tac. *Rejoins-moi au parking de la gare, comme la dernière fois. Je suis venu pour toi.* Il répond OK.

Pascal avait passé du temps à scruter Louis ; à chercher, sur son corps toujours trop lisse, trop maniéré, dans ses jambes croisées et ses mains habiles, les signes de sa sexualité. Il se rappelait sa propre métamorphose à l'adolescence. Son corps avait pris de l'ampleur. Il s'était déployé. Il était sorti de l'enfance.

Pascal avait cherché chez les femmes la promesse d'une liberté et d'un abandon qu'il n'avait pas trouvés ailleurs. Mais Louis restait irrémédiablement raisonnable et Pascal se demandait souvent s'il ne passait pas à côté de sa jeunesse. Il voyait son acharnement qui l'effrayait, la quantité de travail que son fils était capable d'abattre. Louis avait l'abnégation des nageurs.

Le téléphone dans la main, Pascal se dit qu'il n'a peut-être pas cherché les bons signes. Lui, dans sa jeunesse, savait qu'il plaisait. Il se mettait en scène, adaptait ses postures sans trop en jouer, tentait de paraître détaché, voire nonchalant. Il mettait son torse et ses yeux en valeur, les filles le remarquaient.

Maintenant qu'il y pense, Louis restait indifférent au regard des femmes. Comme ses amis lui faisaient remarquer, il manquait d'intérêt pour le sport, il était discret, il avait l'air naïf. Mais cela n'avait jamais voulu dire pédé. Pour Pascal, Louis était juste un garçon réservé et studieux. Un garçon dans ses livres.

Par moments, il avait eu le sentiment que son fils faisait de son mieux pour ne pas être un fardeau. Ne pas être source de soucis. Louis avait dû le noter : autour d'eux, les hommes n'élevaient pas leurs enfants. Pascal avait dû s'y résoudre par la force des choses. Louis avait dû tout faire pour que Pascal ne l'abandonne pas comme sa mère. Tout faire pour qu'il n'ait pas d'excuses.

Pascal s'en veut de ne pas avoir été plus attentif. D'être resté aveugle quand son fils guettait le regard des garçons.

Il n'avait pas vu les sous-vêtements, les nouveaux pantalons, il n'avait pas saisi l'étendue de sa transformation.

Aujourd'hui, Pascal a besoin de réponses.

Il enfile un pantalon par-dessus son short, un T-shirt noir, des baskets de course. Il sort discrètement, comme pour ne réveiller personne, avant de se rappeler qu'il n'y a plus personne à réveiller. Il descend la rue des Bosquets sur la gauche. La route est déglinguée parce que la voirie a dû creuser pour régler un problème d'égout, ça fait plusieurs mois que ça dure. Pascal fait attention où il met les pieds. La nuit est noire et l'air se fait plus frais. Le ciel est nuageux, trop nuageux pour les étoiles. Le méandre de goudron descend vers la gare de Monthermé. Pascal presse le pas, il ne veut pas perdre de temps. Il aurait dû prendre une veste plus chaude, le froid de mars lui donne des frissons, à moins que ce ne soit le stress de se retrouver dans une telle situation. Ce matin, on enterrait Louis, pense-t-il. Il en conclut que le gars ne doit pas être du coin, sans quoi l'information lui serait parvenue.

La gare de Monthermé n'est pas comme les autres. Elle est unique en Europe. Un tunnel, un pont (qui traverse la Meuse), la gare, puis un autre tunnel. Au creux de la vallée, nichée entre deux monts de forêt. La route fait un virage et passe sous le pont, pour permettre une petite esplanade devant le bâtiment. Un parking, un dépose-minute, un petit café sans terrasse. Il n'y a que deux véhicules. L'un, au fond à gauche, est la voiture de M. Loisel, qui part tous les vendredis en déplacement à Paris et qui ne rentre que très tard par le tout dernier train. À la suite de la vaste entreprise de la SNCF mise en œuvre pour dégoûter les gens du rail (la ligne Charleville-Givet en travaux pendant des années, jamais réhabilitée, les correspondances mal établies et – coup de grâce – l'affrètement de vieux bus scolaires en remplacement), la

SNCF fait circuler, plutôt qu'un TER moderne, une micheline antique que Pascal aime bien regarder passer depuis la roche Pierre du Meunier, tout là-haut, à l'été, quand le soleil se couche tard.

L'autre véhicule, un fourgon blanc, est garé juste à côté de la voiture de Loisel. De loin, Pascal scrute attentivement le type à l'intérieur. Il fume une clope et recrache la fumée par la fenêtre ouverte. Il est beau, il ne faut pas charrier, barbe de trois jours un peu hirsute, massif, musclé gras. Pascal n'arrive pas à voir la couleur de ses yeux, ça l'embête un peu, il aime bien voir à quoi ressemblent les yeux des gens. Il fait semblant d'attendre quelqu'un, là sur le parvis de la gare, et l'autre ne le remarque même pas. Pascal lui jette des petits coups d'œil. Il hésite, se demande un peu ce qu'il fout là. Il fait les cent pas les yeux rivés sur le fourgon. Le mec sort son téléphone, regarde son écran deux minutes puis appelle un numéro. L'appareil de Louis que Pascal a gardé dans sa poche se met à sonner. Le mec regarde par la fenêtre et voit Pascal, le portable à la main. Paniqué, Pascal raccroche. L'autre lui lance un regard suspicieux et retape le numéro. Pascal, qui n'arrive pas à trouver le bouton silencieux, voit le téléphone sonner à nouveau. Il lance un regard impuissant vers le fourgon d'où le type est en train de sortir en claquant la portière. Il se dirige droit vers lui. Pascal ne cherche même pas à reculer. Il est paralysé. T'es qui ? Pascal bégaye. T'es qui ? répète l'autre, et pourquoi t'as le portable de Louis à la main ? La mention de Louis sort Pascal de sa paralysie. Il répond je suis son père. OK, Dark Vador, mais qu'est-ce que tu fous là ? Il est où Louis ? Pascal lui assène une gifle bruyante qui résonne et laisse une trace sur sa joue. Le mec ne s'y attendait pas. L'autre se prend le visage dans les mains, les yeux embués de douleur. T'es sérieux là ? Il s'approche, agressif. Pascal le dit : Louis est mort. Il renifle bruyamment des larmes qu'il ne peut plus contrôler. Il s'effondre devant le mec, pantois. Il se penche, les deux mains sur les genoux comme s'il allait vomir, il pleure, il pleure tellement qu'il se fait mal à la gorge et qu'il est pris de violentes quintes de toux. Le mec, qui ne sait pas quoi faire, s'approche de lui après quelques instants, hésite mais le relève quand même et lui tapote le dos en lui disant ça va aller, ça va aller. Pascal dit il s'est suicidé. Comment il a pu me faire ça ? Qu'est-ce que j'ai pu rater ? Les paroles de Pascal sont trop saccadées, comme un enfant qui parle en sanglotant, une bouillie de syllabes et de voyelles qu'il faut remettre ensemble. Le type le tient, bras autour des épaules, pendant plusieurs minutes. Autour, c'est le noir. Pascal finit par se calmer, respire, bouge un peu. Désolé, il dit. T'inquiète j'en ai pris d'autres, il répond. Bon, on va pas rester là comme des cons, ajoute-t-il. Viens je te paye une bière t'as l'air d'en avoir besoin.

Il n'y a pas grand monde dans le café de la gare. Jean-Marc s'exclame quand il voit les deux hommes entrer dans son échoppe. Adrien, putain, ça faisait un bail qu'on t'avait pas vu dans le coin, ça fait plaisir ! Adrien se marre et répond en souriant je vais là où il y a du travail. Ah, malheureux, répond Jean-Marc, il faut que jeunesse se fasse. Pascal sourit faiblement. Ça a toujours été sa réponse à tout : il faut que jeunesse se fasse. Ah ben je vois que t'as rencontré notre P'tit Blond. Qu'est-ce que vous faites là ensemble ? Alors que Pascal allait commencer à bégayer un truc, Adrien dit oh rien il passait par là, la batterie de mon fourgon est tombée en panne, j'avais besoin de câbles et P'tit Blond m'en a gentiment ramenés de chez lui, du coup pour le remercier je lui offre une bière. Il lui lance un regard entendu, avec une pointe d'ironie quand il dit P'tit Blond. C'est con, mon gamin, t'aurais pu me demander, dit Jean-Marc, et Adrien répond avec le sourire la prochaine fois je saurai chez qui toquer. Pascal sait que Jean-Marc se marre et qu'il pense à la même chose que lui. Quand ils étaient jeunes, ils avaient pris la décapotable jaune de Jean-Marc pour aller en Normandie quelques jours l'été et une fois arrivés à Villers-sur-Mer ils étaient tombés en panne de batterie, obligés de marcher jusqu'à l'obscure zone industrielle de Touques pour acheter des câbles. Cette anecdote, comme beaucoup d'autres, fait partie des histoires que

Jean-Marc répète tout le temps, même si c'était il y a trente ans. Ça rend Pascal un peu triste parce qu'il sait que la répétition de cette histoire trahit chez Jean-Marc une vie vécue au passé. Il dit je vais pisser. En vérité il veut juste se passer un coup d'eau tranquille sans qu'on l'emmerde. Il sait qu'il porte sur son visage les vestiges du chagrin.

Quand il sort des toilettes, Jean-Marc est en train de raconter à Adrien l'anecdote de Touques. Les bières ont été servies. Pascal chope son verre au comptoir et va s'installer au fond du bar. La table est en formica, les chaises en bois, chancelantes. La bière lui fait du bien, le froid dans la gorge, l'ampleur de la mousse. Adrien peine à se défaire de Jean-Marc, qui le retient avec ses histoires, trop content d'avoir un auditoire. Il coupe néanmoins vite court à la conversation, de manière trop abrupte pour être polie. Adrien s'assoit en face de Pascal et trinque contre son verre déjà à moitié vide.

Pascal dévore et boit toujours trop vite, ce que tout le monde lui fait remarquer. En l'occurrence, il cherche surtout à cacher le tremblement de ses mains, sa peur de faire tomber son verre.

Il peut voir les yeux verts d'Adrien. Pascal dit merci pour la bière, Adrien répond merci pour la beigne. Ils ne répriment pas un sourire. Qu'est-ce qui s'est passé, alors ? demande Adrien. Flamme triste. Pascal regarde par la fenêtre. La micheline du soir arrive, Loisel rentre dans sa bagnole et, l'air hagard, prend la route de Monthermé. Médicaments, Pascal répond. Il est allé à La Racine un matin, tu vois l'endroit derrière le Champion, là où la Semoy se jette dans la Meuse ? Il s'est foutu là au bout de l'îlot sous le pont, il s'est allongé et il a avalé la boîte. Les flics ont dit qu'il était mort dans l'heure, sans souffrir. Il s'est endormi. Quelqu'un l'a vu depuis le pont, ils ont appelé la police et ils l'ont ramassé. En partant du travail, j'étais déjà orphelin de fils.

Adrien a la tête baissée, il regarde ses mains, joue avec ses ongles, ongles qu'il doit ronger parce que ses doigts en sont presque dépourvus et ressemblent à de petits moignons. Ils partagent pendant un temps le silence d'un père et d'un fils, feignent de s'intéresser au décor. Qu'est-ce que tu fais dans la vie ? demande Pascal. Je suis commercial mais je fais des livraisons privées. Avec mon fourgon, je vais où il y a de l'argent à se faire, je vends ce qu'on me dit de vendre, ajoute Adrien. Et t'arrives à te faire de l'argent ici ? Adrien sourit. Non non, il répond. Ici, disons que je vends pas mes services habituels. Pascal le regarde droit dans les yeux. Comment ça ? lui demande-t-il.

Tu sais ici les mœurs sont pas pareilles. Je me fais payer pour des choses qu'on peut pas faire avec n'importe qui du coin, répond Adrien, évasif. Pascal perd un peu patience. C'est pour ça que tu connais Louis ? Adrien semble gêné. Pascal ne bouge pas. Ses lèvres tremblent. Vous étiez ensemble, c'est ça ? Il passe sa main derrière son cou. J'ai lu vos messages, ajoute Pascal. Tu l'as rencontré comment ?

Adrien avait rencontré Louis sur Grindr, une application qui met en relation des hommes en quête de sexe rapide dans une certaine zone géographique. Adrien s'était immédiatement senti très attiré par les photos de Louis. Il posait torse nu devant son miroir, rien de bien transgressif si ce n'est la ficelle du string qui dépassait de son short, juste assez suggestif pour qu'Adrien veuille creuser l'affaire. Ils avaient longtemps parlé par messages. Louis donnait l'impression d'une grande solitude. Adrien ne passait pas souvent par les Ardennes mais lui avait promis qu'ils se verraient à l'occasion. En attendant, ils s'écrivaient tous les jours, s'envoyaient des photos, s'appelaient même. Quelque chose lui plaisait chez Louis, qu'il n'arrivait pas à expliquer. Lorsqu'ils se parlaient, Adrien sentait qu'il pouvait tout dire.

Adrien était escort. Le climat d'homophobie dans les Ardennes ne poussant pas vraiment les garçons à sortir du placard, il s'était rendu compte que certains étaient prêts à payer. Allant partout et nulle part à la fois, surtout en Europe, Adrien aimait bien trouver des garçons de passage, ça le changeait de sa copine, il aimait se sentir désiré

– se sentir vénéré. Il avait commencé par chercher distraitement, comme à son habitude, jusqu'à ce que les demandes se fassent de plus en plus nombreuses et de plus en plus insistantes. Sa messagerie était pleine de corps sans visage, de descriptions un peu fades, banales, pleine de garçons qui le suppliaient de venir, contre rémunération s'il le fallait. Les plus efféminés ne pouvaient pas se cacher, leur sexualité s'exprimait à travers chacun de leurs gestes, de leurs choix, de leurs habits. Sa clientèle, c'était les garçons dont les corps jouaient le jeu du secret.

Adrien sait qu'il plaît. Il rend les hommes envieux. Sa carrure, ses poils, il drague plein de mecs sur Grindr, des vieux croûtons aux jeunes puceaux qui semblent tous trembler devant l'incarnation virile qu'il est. Il fonctionne ainsi : si le mec en face est pénétrable, c'est trente euros ; sinon, à partir du moment où Adrien ressent le moindre dégoût, c'est cent euros minimum.

Pascal est un peu dérouté par ce qu'Adrien lui raconte. L'air indigné, il dit attends, tu veux dire que t'as fait payer mon fils ? Non, non, justement, répond Adrien en calmant le jeu, levant les mains en l'air comme pour se disculper d'un crime. Louis me plaisait tellement que je ne lui ai jamais rien fait payer. Ça m'a même pas traversé l'esprit. Je vais te dire, je le trouvais beau, j'aimais trop le voir, je m'arrangeais toujours pour revenir rapidement dans les Ardennes. Une fois, j'ai refusé une livraison jusqu'en Roumanie juste pour pouvoir le croiser. Pascal semble s'adoucir. Du coup t'es homo, toi ? Adrien rit dans sa barbe et dit non t'es fou, j'ai une meuf. Juste j'aime bien m'amuser avec des mecs. Pascal fronce les sourcils. Je comprends pas trop, aimer « s'amuser » avec les mecs, comme tu dis (il mime les guillemets avec ses doigts), pour moi c'est quand même être un peu pédé. Adrien répond ça n'a rien à voir, tu ne sais pas de quoi tu parles. Il s'emporte un peu.

Écoute, Pascal, t'as l'air d'être un bon garenne. J'ai une copine, je l'aime, on a des projets de vie ensemble, même si c'est vrai que dernièrement c'est un peu bancal, mais il n'empêche que j'aimais bien Louis, quoi. On a fait l'amour plein de fois, un peu partout, dans la voiture, dans les bois, à l'hôtel quand je pouvais, même chez vous quand t'étais pas là, mais c'était pas ça le principal. Pascal dit putain j'ai toujours cru qu'il était encore puceau. Adrien dit mais tu lui as jamais posé de questions ? Pascal secoue la tête. Parce que, crois-moi, il en connaissait un rayon. Adrien regarde par la fenêtre, se frotte les yeux, passe une main distraite dans ses cheveux. Il s'était attaché à moi, je crois. Pascal l'interrompt. Pardon mais je crois que toi aussi tu t'es attaché, on refuse pas du travail en Roumanie sans être attaché, non ? Tu peux me dire ce que ça change ? demande Adrien, légèrement agacé.

Ben ça change tout, dit Pascal. Tu parles comme si Louis était le seul à s'être attaché, comme si t'étais là parce que t'es un gars sympa qui voit mon fils comme on fait du bénévolat, tu piges la différence ? Si j'en crois ce que tu dis, je doute que Louis ait eu *besoin* de toi. T'es pas la mère Teresa de la baise non plus. Bon, c'est bon, j'ai compris, répond Adrien en haussant un peu le ton. Il m'attendait avec impatience et moi aussi. À chaque fois. T'es content ? À chaque fois. Adrien baisse les yeux. Il m'embrassait toujours en me voyant, sur la bouche, d'abord tout doucement puis avec une espèce de fougue, comme si nos corps se reconnaissaient. On parlait beaucoup quand on était tous les deux, de tout et de rien. Je lui parlais de ma meuf, de recettes qu'elle fait, même les trucs les plus bêtes, ça l'intéressait. Il cherche le regard de Pascal qui l'écoute en regardant le plafond.

Des fois j'oubliais qui j'étais. Des fois on était dans le noir complet, des fois on était dehors et il faisait nuit, des fois le ciel était rose, il aimait bien quand le ciel était rose. Il y avait quelque chose d'animal chez lui, ça me faisait peur parfois. Je me suis mis à attendre de plus en plus ces moments, à libérer des week-ends pour lui. À chaque fois je me disais que c'était la dernière. Je me disais Adrien, là, stop. Je me demandais toujours : comment est-ce que j'ai fait pour en arriver là ? Je trouvais que c'était pas bien, je voulais vraiment arrêter. Souvent je partais sans rien dire le matin avant qu'il se réveille, sans lui donner de nouvelles, des semaines sans rien lui dire, je bloquais son numéro, je ne voulais plus entendre parler de lui. Il ne cherchait pas à me joindre, il avait fini par comprendre : il savait que je reviendrais, qu'il suffisait d'attendre. Il était attachant, il me faisait rire, il m'excitait beaucoup, il savait écouter. Une fois, on était dans une chambre d'hôtel vers Sedan, chambre sympa, c'est moi qui l'avais payée, salle de bains propre, on avait couché. Mes moments préférés, c'était les moments d'entre-deux où il perdait un peu de sa fièvre et qu'il venait se blottir contre moi, qu'il m'écoutait. Il respirait trop fort, il était essoufflé. Il calait ses pieds contre les miens, sa tête contre mon torse. Je lui ai dit des trucs que jamais je dirais à ma meuf.

Pascal l'écoute attentivement mais se permet de l'interrompre pour demander ah ouais ? Quoi, par exemple, si c'est pas trop indiscret ? Adrien marque une pause. Des problèmes de famille surtout. Mon père est mort pendant que j'étais en prison. Me regarde pas comme ça, ouais j'ai fait un peu de prison, des vols, des trucs inutiles, rien de dangereux, bref, et après ma sœur est morte aussi, d'un cancer. Je pétais les plombs, et je crois que le voir me rassurait tout simplement. Je lui ai raconté tout ça, à l'hôtel, comment (il reprend son souffle) comment à chaque fois que je le voyais ou que je vendais mon corps à des vieux, je savais que mon père me regardait de là-haut et qu'il était déçu. Mon père était très mort-aux-pédés. C'est quand je pensais à lui que je me disais, Louis, plus jamais. Mais mon père était un sale enculé, et quand je me rappelais ça, je me disais bordel, je retourne dans les Ardennes. Je lui ai raconté aussi que ma meuf avait refusé ma demande en mariage. Je l'ai demandée en mariage il y a quelques mois et elle a dit non, elle m'aime mais elle dit que je suis trop instable. Je voulais lui faire un gosse mais elle prend toujours sa pilule et elle refuse qu'on essaie sans capote. J'ai presque trente piges, pas avoir de gosse c'est la honte chez moi.

Pascal se rend compte qu'il ne sait même pas d'où vient Adrien. Tu viens d'où toi, vu que t'es pas du coin ? Je suis alsacien, d'un petit bled qui s'appelle Kruth. C'est joli, l'Alsace, ajoute Pascal. Ouais, c'est mignon, mais je pouvais pas. Gérardmer, dans les Vosges, c'était cool, j'avais du travail, avec ma copine on veut s'y installer plus tard si on a un gosse, mais je pouvais pas rester à Kruth. L'angoisse, c'est si je fais un gosse et que j'arrive pas à avoir de garçon, la honte. J'ai des potes comme ça. Ils se trimballent trois gonzesses sur le dos. C'est pas une vie.

Louis, c'était mon accroche. Je m'accrochais à lui littéralement, plusieurs heures, jusqu'à ce que je lâche prise. Je crois que ma meuf se rendait compte de certaines choses, mais elle ne cherchait jamais du côté des mecs, elle n'y a jamais pensé. Elle voit tous les noms des mecs avec qui je la trompe dans mon répertoire, dans les messages, mais elle a jamais eu l'idée de fouiller dedans. Elle pense toujours que c'est des potes. Je comprends pas pourquoi tout le monde dit qu'on peut pas être pote avec les meufs d'ailleurs, il y a rien de mieux, elles sont pas coincées. J'aime bien écouter leurs histoires. Les mecs, quand quelqu'un les énerve, ils se battent et après c'est fini. Les filles, leur façon de gérer leurs histoires, c'est tellement plus long, plus drôle, plus intelligent. Enfin, pour les embrouilles, je veux dire. Et puis question séduction avec elles, t'apprends vachement. Mes potes attendent juste qu'une meuf vienne leur parler. Ils ont aucune idée de comment les aborder, ils prennent leurs désirs pour des désirs à sens unique. Avec Louis, il y avait quelque chose de latent, de sous-jacent, qui me faisait peur et qui me rendait plus vivant en même temps.

Pascal ne sait pas trop quoi dire, il préfère se taire. Il tente de faire rentrer les éléments dans sa tête. Il est en face d'un mec amoureux de son fils. Pascal se dit qu'il a beau se le cacher, c'est de ça dont il s'agit. Il reconnaît, dans ce qu'il dit, des choses qu'il a vécues avec Nathalie, son seul véritable amour. Louis aimait les hommes et il le savait avant même d'être majeur.

Nathalie avait plein de copains homosexuels, parfois très efféminés, elle les adorait par-dessus tout. Pascal avait passé des soirées dans des lieux étranges, en étant persuadé d'être le seul hétéro de la salle. Avant Nathalie, il n'avait pas d'opinion sur le sujet, il n'en avait jamais rencontré (à moins qu'ils ne fussent pas comme il se les imaginait). Et une fois la barrière tombée, il avait adoré ces moments passés avec ces types libérés. Il trouvait qu'il y avait chez eux une forme de lucidité, un humour tonitruant qui le faisait se plier de rire. Nathalie avait fini par lui avouer que son ex n'avait jamais voulu les approcher. Pour lui, les pédales, c'était dégueulasse.

Pascal avait connu sa première fois à dix-sept ans avec une copine de l'époque. Il se rappelle à quel point il était fébrile. La première fois est toujours un balbutiement.

Pascal est très surpris qu'il ait pu être autant à côté de la plaque, pour Louis. Il repense à tous les moments où il s'était dit que Louis était un peu efféminé, mais ça ne l'avait jamais choqué, et il n'avait jamais rien imaginé de plus.

Il a besoin de temps pour digérer toutes ces informations. Adrien semble fatigué de parler. Il a le regard un peu triste. Ils finissent la deuxième bière qu'ils ont commandée entre-temps. On y va ? demande Adrien. Ils sortent tous les deux en saluant Jean-Marc. Le café est vide maintenant,

Jean-Marc va fermer. Ils se tiennent, dans un petit malaise, sur le parking. Pascal regarde à gauche, vers sa maison qu'on peut presque apercevoir d'ici, puis à droite, vers Adrien, qui fixe ses pieds. Il est déjà tard. Tu dors où ce soir ? demande Pascal. Adrien a l'air gêné. Oh tu sais, j'ai un matelas gonflable à l'arrière de mon fourgon. J'aurais probablement dormi dessus avec Louis, si… enfin tu vois bien, ou alors il m'aurait fait rentrer chez vous pour profiter de son lit. Pascal hésite un instant. Il finit tout de même par proposer allez viens dormir à la maison, ce sera plus confortable. Adrien le remercie. Ensemble, ils remontent doucement la côte, dans le silence des nuits froides.

Une fois chez lui, Pascal s'assure qu'Adrien a tout ce qu'il faut, sa couette, son oreiller, ses draps. Adrien lui glisse que ça fait bizarre de dormir seul dans ce lit qu'il a tant de fois partagé avec Louis. Pascal lui demande s'il préfère le canapé, mais Adrien lui assure que tout va bien. Pascal lui dit bonne nuit et s'en va à l'étage, dans sa chambre, où il se déshabille complètement et se vautre dans son lit. Il ne peut s'empêcher de penser à Adrien, en bas, qui lui est inconnu et qui connaît pourtant cette maison par cœur.

Le téléphone de Louis, qu'il a soigneusement posé sur la commode, émet une faible lumière vers laquelle il se dirige. C'est une notification Facebook qui dit : *Inès Doran vous a mentionné dans sa publication.* Pascal se permet de l'ouvrir, et, tout en maudissant la qualité du réseau wifi à l'étage, tombe sur une belle photo de Louis avec une charmante jeune fille, bras dessus bras dessous. Pascal reconnaît les rives de la Meuse de Charleville, non loin du lycée Chanzy, près du musée Rimbaud. Il reconnaît aussi la fille, elle était à l'enterrement, mais comme la plupart des gens du lycée, elle était partie tout de suite après, sans assister au buffet que Pascal avait prévu. Un long texte accompagne la photo, qui dit toute la sincère tristesse de cette fille, agrémenté de citations de Françoise Sagan. « Tu auras été mon meilleur ami, le meilleur ami que j'aurai jamais. » Pascal est attendri par le caractère définitif des mots que peuvent avoir les jeunes de vingt ans, qui pensent tout savoir de la vie, qui pensent avoir tout vécu. Il se rallonge dans le lit et en profite pour jeter un coup d'œil à la page Facebook de Louis, tout en tentant de comprendre comment tout ça fonctionne. Plein de photos – Louis en train de danser, Louis à Paris, Louis au lycée, Louis et ses amis, Louis en train de lire, naturellement. Il ne peut s'empêcher de remarquer que cette fille, Inès Doran, revient souvent dans les publications, dans les statuts, les notifications, et aussi qu'il n'y avait pas grand-chose ces derniers temps, presque aucune activité, alors que Louis postait des commentaires quasi quotidiennement avant. Après cette rencontre avec Adrien, Pascal se rend compte qu'il a manqué des pans entiers de la vie de son fils.

Il ouvre la catégorie *messages* de l'application et voit qu'il est possible d'appeler la personne avec qui on parle, ce qu'il fait sur-le-champ. Il panique un peu. Pascal est du genre à répéter ce qu'il va dire, au risque de bafouiller comme un enfant qui paye la boulangère pour la première fois. Inès répond vite. Au bout du fil, elle a le souffle court. Louis ? elle demande, la voix fébrile. Pascal se sent con, il n'avait pas calculé ça. Non, c'est son père. Inès a l'air déçue. Comment allez-vous ? Bizarrement, il dit.

J'aimerais te rencontrer, pour parler de Louis. Vous aviez l'air proches, alors je me suis permis. Désolé si tu as pu croire que c'était lui. Ce n'est pas grave, dit Inès. On a passé tellement de temps ensemble au téléphone, avec Louis… Quelque part j'espérais que je reverrais un jour son nom s'afficher, qu'on reprendrait la conversation là où on l'avait laissée. Je n'ai pas cours demain, on est samedi. Si vous voulez, vous pouvez passer dans l'après-midi. Vous êtes le bienvenu.

Inès

Louis me disait toujours : Inès, on ne tombe jamais amoureux de quelqu'un, mais de *quelque chose* chez quelqu'un. Il disait qu'on peut tomber amoureux des chevilles d'un mec, par exemple ; voire mieux, d'un tendon d'Achille ! C'est con, un tendon d'Achille, pourtant ce n'est pas anodin, la tension d'un pied qui se pose sur un escalator. Louis disait d'ailleurs qu'il faut avoir le pied dynamique. Après, quand tu tombes vraiment amoureux de quelqu'un, c'est que tout te bouleverse. La manière dont il plie un genou, penche sa tête, sort d'une voiture, ses gestes quand il est stressé, la texture des lèvres, les jeux de lumière sur sa peau, son odeur qui peut embaumer une pièce.

On n'aime jamais vraiment complètement au premier regard – ce n'est qu'une question d'apprentissage. Le premier regard, c'est un tremblement de terre. Tout à coup, t'es confronté à un truc trop grand pour toi, à quelqu'un qui te plaît beaucoup trop pour que t'arrives à te donner une contenance. Un truc qui te dépasse. À ce moment-là, le bouleversement, c'est de contempler les ruines de ce à quoi tu croyais avant, ce que tu pensais stable. Tu regardes tes fondations qui s'écroulent. L'aventure à suivre, dans le meilleur des cas où l'amour que tu portes à la personne est réciproque, entendons-nous, c'est qu'il faut tout reconstruire. Se mettent à émerger des choses chez toi que tu ne croyais même pas possibles. T'es là comme un con à écouter *Voyage voyage* de Desireless dans un train en regardant le soleil et tu prends conscience de la planète. Ben voilà, Louis a pensé vivre ça, sauf que le mec qu'il kiffait était suisse. Il vient là parce que son père habite dans le coin, il traîne avec des gars du lycée quand il vient. Ce mec, c'est le pire de son espèce, du genre à se vanter d'avoir couché avec cinquante meufs dont vingt-trois par-derrière. Louis est tombé de haut direct. Faut dire qu'il était beau, le mec, sérieux, un vrai beau gosse de la nuit, dire le contraire ce serait mentir. Ils se sont rencontrés au Dresden Strasse. C'est un club à Charleville tenu par trois hipsters qui ont décidé que tout sonnait plus cool en allemand et qui sont venus ici parce qu'avec le prix des loyers à Paris ils n'arrivaient pas à trouver un local. Ils passent de la techno bien lourde de drogués mais Louis adorait ça. Il ne se droguait pas, hein, ça par contre il était réglo, il n'a jamais voulu et c'était pas faute de lui proposer, mais il était à fond dans la musique, il disait qu'elle lui donnait des transes. Il appelait ça des convergences. Il était tellement dedans que de l'extérieur il pouvait avoir l'air ridicule. Une fois, trois ou quatre connards (Pascal sent qu'elle contrôle ses mots, qu'elle ne veut pas être vulgaire, mais que ça lui a échappé) l'ont carrément filmé pendant qu'il dansait. Il s'est fait afficher, les types étaient sans pitié, ils ont mis le flash, Louis ne s'en était même pas rendu compte. Bref, le mec venait une fois par mois environ. Je crois que son père avait droit à un week-end. Il s'appelle Vincent. Ça le faisait chier, Vincent, de faire Genève-Charleville une fois par mois, mais en vérité il avait pas l'air de s'ennuyer tant que ça ici. Fourré au Dresden toute la sainte journée. À un moment, on est là dans la boîte et ce Vincent vient draguer Louis, pas gêné, il y va pas avec des gants, il m'embrasse d'abord puis il va se coller à Louis et se met à onduler derrière lui. Une chenille le mec. Louis se retourne et Vincent l'embrasse cash, comme ça. Il lui dit viens je te paye un shot, Louis dit non. Le mec a buggé deux minutes, il a dit j'ai pas l'habitude qu'on me refuse un shot. Louis a dit je dirais pas non à un Coca par contre. Cet obsédé du sucre je te jure. Le mec se radoucit, ils vont s'asseoir au bar, il y a personne, le mec lui raconte sa vie genre il a été pris comme stagiaire au festival de Montreux, sauf que Louis s'en fout, le jazz il aimait pas ça, le son de la trompette ça lui donnait des plaques. Et là ils ont passé vachement de temps à s'embrasser mais pas s'embrasser normal, genre à s'embrasser vraiment, disons, fougueusement. Vincent lui prenait les mains et les passait sous son T-shirt, Louis adorait les muscles alors il se faisait pas prier. En plus Vincent avait les cheveux très bouclés, très noirs comme ses yeux et puis imberbe comme tout, le garçon, il portait une chevalière à la main droite, Louis ça le faisait penser à Ryan Gosling dans *Drive*. Je sais même pas si Ryan Gosling portait une chevalière dans *Drive* mais Vincent avait trop la tête du mec qui porte une chevalière. Bref, ils sont partis et après, Louis m'a raconté qu'ils sont allés chez Vincent et qu'ils ont, disons, beaucoup copulé. Louis était tellement content, il m'a dit qu'il était rentré chez vous en courant sur les berges de la Meuse, qu'il n'avait jamais couru aussi vite de sa vie, une vraie boule d'énergie, il n'avait jamais ressenti ça. C'était la première fois qu'on le draguait comme ça. Louis n'a rien compris, c'était trop pour lui. Sauf que le lendemain (enfin plus tard dans l'après-midi, parce qu'il était rentré à sept heures du matin ce jour-là), Louis a déchanté. D'abord il était content parce que, une fois chez lui, Vincent lui avait envoyé un message sur Messenger pour lui souhaiter bonne nuit, trop mignon. Louis n'avait pas pu dormir, il jubilait. Il s'imaginait des choses. Il me disait que rencontrer des mecs sur Internet, finalement, c'était simuler une rencontre et qu'il faisait ça pour être comme tout le monde – c'est pas dans la région qu'il allait s'épanouir sentimentalement, le pauvre – et que là, c'était différent. Sauf que quand Louis a voulu recontacter Vincent, il s'est rendu compte qu'il était en pleine descente de drogue, qu'il n'était plus vraiment le même et qu'il ne s'intéressait plus à lui.

Ce petit jeu a duré longtemps. Louis forçait un peu. Quand Vincent était à Genève, il lui envoyait des messages qui restaient sans réponse pendant des jours, le mec s'en foutait, mais Louis était trop attaché. Il en voulait trop, ça lui faisait du mal. Surtout que ce Vincent ne se gênait pas pour l'utiliser quand il était sous drogues, après le Dresden. Louis accourait à chaque fois. C'était un peu triste. Un peu pathétique. C'est à ce moment qu'on a commencé à ne plus trop se voir. Il ne parlait que de lui, tout le temps. Tu pouvais lui raconter un truc, il te disait « ouais » et repartait sur ses histoires, comment il se sentait mal par rapport à Vincent. Il avait conscience de la situation sans vouloir comprendre que la solution, c'était de le laisser tomber. Un jour je le lui ai dit et il l'a très mal pris. Ça faisait presque un mois et demi qu'on ne s'était pas parlé, avant que, enfin, vous voyez ce que je veux dire. Avant qu'il ne décide de *partir*.

Inès retient ses larmes, elle renifle. Son visage se décompose.

J'étais sûre que cette histoire allait se tasser. Qu'on allait se reparler, c'était évident. On avait juste besoin de temps.

Quand j'y pense, il est tombé amoureux de Vincent comme on tombe amoureux de quelqu'un de dos, en découvrant peu à peu ses facettes. Le corps n'était qu'accessoire pour Louis, il aimait tous les hommes, vraiment. Et ça ne l'empêchait pas d'être sensible aux femmes aussi, mais d'une autre manière. On a fait l'amour, une fois, Louis et moi. On ne s'y attendait pas, c'est arrivé, je ne l'ai jamais regretté et je crois que lui non plus, mais c'était pas réel. Un jour, il m'a dit que c'était comme une balade en forêt. On avait passé une nuit blanche un samedi à regarder des séries et à parler, une conversation qui ne finissait pas, à peine on finissait une histoire qu'une autre commençait déjà. Il m'avait expliqué pourquoi il aimait les garçons. Je crois qu'il y a beaucoup réfléchi, qu'il a essayé de trouver une explication à sa différence, qu'il n'a jamais voulu la penser comme une fatalité. Ce soir-là, il m'a dit en fait Inès je crois que j'aime les hommes parce que j'aime trop les femmes. Les filles m'ont tout donné depuis que je suis petit. Quand les garçons ne voulaient jamais jouer avec moi, il y avait toujours les filles. J'avais que des copines, jamais de copains, et elles me défendaient *contre* les garçons. Elles m'ont sauvé la vie, alors j'assimile le sexe avec une fille plus à une souillure qu'autre chose. Et puis toutes les femmes sont belles, c'est pas drôle, il y a pas de challenge. Alors qu'un bel homme, Inès, quand tu le séduis, t'es le roi du monde.

C'est pour ça qu'on avait couché ensemble. Je voulais lui montrer que c'était pas une souillure. Il n'avait jamais couché avec une fille avant. Mais ces derniers mois, il avait changé, il n'était plus la même personne. Il était devenu susceptible et démarrait au quart de tour. Il n'était que l'ombre de celui que je connaissais. C'est pour ça que j'ai pris mes distances. J'ai pensé qu'il lui fallait du temps pour régler ses problèmes tranquillement alors qu'il avait besoin de moi plus que jamais, et ça, je ne me le pardonnerai pas. Je l'ai abandonné. Il n'avait plus personne à qui se confier. Je prie pour son pardon tous les soirs avant de dormir.

Peu importe la journée, peu importe avec qui je suis, il y a toujours ce moment où je ne vois plus que lui, je ferme les yeux et il me fait un signe, parfois, je le regarde et je l'aime à travers les larmes qui se forment sous mes yeux clos.

Inès prend les mains de Pascal dans les siennes, son visage est déformé par le chagrin, elle pleure à chaudes larmes, doucement, et lui se force à retenir les siennes qu'il sent monter. Ses larmes sont des gouttes de lumière. Elles glissent vers le creux de sa mâchoire, dégringolent le long de son cou et disparaissent sur la peau blanche qui orne la naissance de ses seins. Inès et Pascal restent longtemps comme ça, main dans la main, à regarder ailleurs. Elle renifle, passe sa manche sous son nez discrètement.

Vincent est en ville si vous voulez le voir, ajoute-t-elle. Il sera au Dresden Strasse ce soir, c'est sûr, il est toujours là-bas. Je crois qu'il ne sait même pas que Louis est mort, c'est dire l'importance qu'il avait pour lui. Il doit penser qu'il le verra ce soir, qu'il rampera à ses pieds comme d'habitude. Le mec est habitué à prendre quatre drogues en même temps. Les lendemains de soirées, il fait croire qu'il a tout oublié mais c'est pas vrai. Devant le regard incrédule de Pascal, elle répète, oui, quatre drogues. Souvent il commence chez lui à la D. Enfin, la MDMA, précise-t-elle, devinant la question de Pascal. Puis au café il se fume deux ou trois joints pendant qu'il se descend des shots pépère avec des potes. Quand il entre dans la boîte, je le vois toujours mettre une poudre bizarre dans son premier verre et je doute que ça soit du sucre. Et avant de rentrer il finit avec un petit rail de coke dans les chiottes dégueulasses du Dresden. C'est là qu'il venait vers Louis qui faisait mine de l'ignorer alors qu'il l'attendait plus que tout et ils allaient faire leurs affaires chez lui jusqu'à ce que Vincent s'endorme brutalement comme un buffle après avoir joui. Louis ne restait jamais, il se sentait sale à ce moment-là mais il adorait ça, être un peu crasse.

À l'école c'était une sainte-nitouche. Bonnes notes, petites chemises, il participait en classe, intelligent mais en même temps luttant contre son sentiment d'infériorité. Faut dire que tout le monde au lycée est fils de médecin, de notaire, d'avocat… On vit tous ici à Charleville ou dans de grandes maisons à Damouzy. Alors un fils d'ouvrier de Bogny, disons que personne n'attendait rien de lui. J'ai honte, mais au début on pensait qu'il était là pour les quotas. Les bruits de couloir disaient qu'il avait pris la place de quelqu'un. On pensait qu'il allait vite partir, qu'il allait se réorienter dans un truc genre un CAP coiffure, ça ne serait pas la première fois. Le niveau était haut mais Louis était vraiment brillant et il adorait ça, rendre ses devoirs une semaine à l'avance et que des petits bourges lui demandent de l'aide en philo. Il ne dormait pas la nuit. Il arrivait le matin avec des cernes énormes, il avait fini à l'aube le livre qu'il avait commencé dans le train la veille. Je pense qu'il faisait ça pour compenser, on en avait déjà parlé. Prouver qu'il méritait sa place ici. Il avait compris qu'il ne fallait pas qu'il soit premier de la classe, ça lui aurait plus porté préjudice qu'autre chose, mais au moins troisième. Et aussi pour amortir le choc de son amour des garçons, que vous puissiez vous dire bon OK mon fils est gay mais au moins il a de bonnes notes.

Louis était déboussolé. J'ai encore un tas de ses livres, je ne comprenais pas, il me disait qu'il n'avait pas d'argent mais il achetait tout le temps des livres. J'ai jamais osé demander comment il se débrouillait. Je m'étais convaincue qu'il exagérait quand il disait être pauvre. Il répétait qu'il était le « prol » du lycée. Ça faisait beaucoup discuter autour de nous. On se disait qu'il était peut-être pas si pauvre que ça, qu'il se donnait un genre. Il faisait livrer les bouquins chez moi. Vous n'aviez pas remarqué qu'il n'allait plus tellement à la bibliothèque, dernièrement ? Je sais qu'il vous racontait qu'ils venaient du CDI du lycée, mais il mentait, le CDI du lycée est maigrichon.

Ce que Louis voulait, c'était la certitude.

Un jour, on étudiait un texte de Duras, et dedans il y avait la phrase *c'est une merveille d'ignorer l'avenir.* Louis était devenu fou de rage. Sa vénération pour Duras ne l'empêchait pas de trouver que c'était la phrase la plus idiote qu'il ait jamais lue, que c'est simple d'écrire ça quand on est déjà vieille. Ignorer l'avenir, c'est beau quand l'avenir est plein de chance et de surprises et de succès comme l'a été celui de Duras. Louis ne pouvait pas concevoir cette phrase alors qu'il a grandi au milieu de gens dont l'avenir était déjà tracé, dont le parcours pouvait se prévoir, sans surprise – où tout ressemblait à hier.

Louis avait peur de se noyer dans son futur, de ne pas savoir comment éviter de couler. Il voulait être sûr de s'en sortir. Un gosse sans exemple. Il aurait voulu que quelqu'un lui confirme qu'il était sur la bonne voie. Il voulait être sûr aussi qu'il n'allait pas finir seul. Je crois qu'il se sentait seul très souvent, même entouré comme il l'était. Je ne dis pas qu'il ne ressentait jamais de joie, il souriait et il était de bonne humeur, mais je voyais bien ces moments où son visage s'assombrissait, comme masqué par une éclipse.

En parlant d'éclipse, Louis était fasciné par le ciel. Pendant les vacances, il était venu avec moi quelques jours à Nohan chez mes grands-parents. Il y a rien à faire, à Nohan, il y a deux rues, la Semoy et c'est tout. Une fois que t'as montré la jolie maison rose dans laquelle je rêvais de vivre quand j'étais gosse, t'as fait le tour. Heureusement, on avait la piscine dans le jardin. Bref, on parlait d'éclipse : quand on était à Nohan, on regardait les étoiles jusque tard le soir en se racontant des histoires. Moi les étoiles ça m'a toujours fait peur. C'est tellement grand là-haut que, quand j'y pense, je ne sais pas, j'angoisse. Louis adorait les étoiles, et un jour il m'a expliqué pourquoi. On parlait de sa mère. Il me disait qu'il avait un seul souvenir clair de sa mère, un seul. C'était dans le Sud, la nuit, il avait quatre ou cinq ans, et ils étaient allongés avec sa mère, sous les étoiles. Elle lui avait tenu tout un discours sur leur beauté, ce qu'elles signifiaient vraiment. D'après elle, derrière chacune d'elles se cachait un souvenir. Certains étaient plus forts que d'autres, certains servaient à te guider – quelque chose dans le genre, une croyance un peu mièvre que Louis romançait beaucoup mais qui, dans le fond, était assez touchante.

Trois semaines plus tard sa mère vous quittait sans laisser d'adresse. Il y a de quoi devenir dingue et faire quinze ans de thérapie. Il a jamais rien fait pour la retrouver, ou en tout cas il m'en a jamais parlé. Reste qu'il voulait être le meilleur en tout. Sciences Po, c'était la seule idée un peu stable qu'il avait, parce que pour lui ça ouvrait toutes les portes. Sinon, il changeait d'avis toutes les deux secondes. Il allait chez la conseillère d'orientation pour obtenir des infos insensées – déjà, on aurait dû se rendre compte qu'il y avait un souci parce que, sérieux, qui va chez la conseillère d'orientation ? Par exemple, il regardait *Recherche appartement ou maison* sur M6, vous savez l'émission avec Stéphane Plaza ? Louis adorait cette émission. Eh ben plusieurs fois, après ça, il s'était sérieusement renseigné sur comment devenir agent immobilier. Il regardait *The Voice* et il voulait arrêter les études pour se consacrer à la musique alors qu'il chantait comme une truie. C'était toujours la même chose. Il parlait beaucoup de ce qu'il allait faire, qu'il allait écrire, qu'il allait réaliser des choses, mais je ne l'ai jamais vu s'investir dans quoi que ce soit. Il lisait, oui, mais pour lui la lecture, c'était comme respirer, ce n'était pas un effort. Et les cours, pareil, il avait tellement de facilités que c'était pas beaucoup de boulot non plus. Il sortait tous les week-ends, il rentrait en transe chez lui, soit en courant soit à vélo ou dans la micheline qui part de Charleville à cinq heures, sans jamais boire ni fumer ni se droguer. J'avais l'impression qu'il cherchait à garder le contrôle d'un côté pour mieux s'abandonner de l'autre. C'est tripant, de lâcher tout contrôle. Louis le faisait en plein état de conscience. Tous les connards de la boîte qui te disent qu'ils se droguent pour oublier avaient beaucoup à apprendre de Louis.

Il avait tout pour être écrivain. Je crois que, secrètement, il cherchait à lire le plus possible pour craquer le code du roman parfait. Tous les jours il me racontait les idées de roman qu'il avait, de personnages, de situations, d'intrigues générales, de phrases, etc., mais jamais je ne l'ai vu écrire, jamais il ne m'a proposé de lire quelque chose, alors qu'une fille comme Alice, par exemple, dans notre classe, qui veut être journaliste, eh ben elle a un blog, elle a décroché un segment chaque semaine à la radio locale, elle tient le journal du lycée tous les trimestres, elle se démerde pour *faire*. Tu veux écrire ? Prends ton stylo et écris. Louis avait son crayon, ses carnets, ses idées et beaucoup de mots en l'air. Des mots sublimes, pourtant, il me racontait des trucs dingues. Qu'est-ce qu'il en reste, maintenant, hein ? Enfin… Pensez à chercher dans sa chambre, voir si vous ne retrouvez pas un carnet ou un truc comme ça.

Que quelque chose subsiste, un peu plus que des mots écrits dans l'eau.

*

On est samedi et Louis n'est plus là. Le matin même, c'était avec cette pensée et à nouveau cette alarme que Pascal s'était réveillé, à huit heures. Il s'était effondré dans un sommeil de limbes, et s'était réveillé déboussolé, coupé en plein blanc. Pendant quelques secondes, il n'avait pas reconnu sa chambre. Il ne comprenait pas. Il avait voulu tenter de désactiver l'alarme la veille mais ne savait pas comment faire. Il était descendu et n'avait trouvé personne. Adrien était parti tôt, il avait fait le lit. Il avait laissé un mot qui disait merci et à bientôt, avec l'heure, sept heures. Il avait mangé sur le pouce. Inès lui avait laissé son adresse sur le téléphone de Louis et Pascal avait pris le train, avide, direction Charleville.

Il aime bien Charleville. Il avait marché un peu vers la place Ducale. L'hiver, le marchand de glace Martinez fait les meilleures gaufres. C'est toujours la même dame qui est là, à l'entrée de la grande rue, dans son camion blanc et bleu turquoise. Elle connaît Louis depuis qu'il est petit, il se délecte des gaufres et de la glace au chewing-gum, la spécialité ardennaise en matière de glace, dont il ne s'était jamais lassé. Elle a les cheveux violet foncé.

Elle l'avait salué d'un geste amical, de loin, mais elle devait s'occuper de la file de clients qui attendaient dans le froid. Pascal avait oublié qu'on était mercredi après-midi et que les enfants n'avaient pas école. Il avait fait un petit détour par le lycée Chanzy, construit sur d'anciennes écuries du XVIIIe, un truc vraiment joli qui faisait riche et prestigieux. Il s'était rappelé comment, lors des journées parents-professeurs, Louis y évoluait avec aise alors que lui y avait toujours ressenti de la gêne, comme si quelque chose se refusait à lui. Les profs les adoraient tous les deux, trop contents d'avoir dans leur classe le parfait mythe du fils de prolétaire (syndicaliste en plus, le jackpot), qui bosse pour s'en sortir. *C'est pas facile, hein ?* Ils disaient toujours ça, *c'est pas facile.* Le père un peu bourru qui fait tache dans le décor et le fils qui sait lire. Pascal souriait en se disant qu'un jour il cracherait sur la tombe du système éducatif. Il s'était détourné du lycée et avait remonté vers la place Ducale.

Inès habite cette partie de Charleville qu'on appelle le triangle d'or, à savoir l'hypercentre de la ville. Sur la devanture de l'immeuble, on peut lire une plaque qui dit *Maître Doran, avocat à la cour.* Pascal a tout de suite mieux saisi. Il avait sonné et Inès avait ouvert la porte, débardeur et pantalon taille haute, on aurait dit qu'elle allait à un entretien d'embauche. Pascal n'a jamais vraiment compris comment des gens sensés pouvaient être chez eux sans porter de vêtements confortables, ou aller acheter une baguette en bottines. Inès lui avait offert un sourire affable et un verre d'eau. L'appartement était en rez-de-chaussée et donnait sur une cour arborée. Inès lui avait expliqué que son père était dans son cabinet au premier étage et sa mère en consultation au second. Père avocat, mère médecin généraliste.

C'est rare, un médecin généraliste, dans la région. À Bogny, il n'y en a plus qu'un. Le docteur Matthieu a pris sa retraite à l'âge de soixante-huit ans, après plus de quarante ans au même endroit. Pascal ne se souvient que trop amèrement du soulagement qu'il avait ressenti quand l'autre médecin de la ville, le docteur Texier, avait accepté de les prendre, lui et son fils. Il avait eu de la chance. Texier était sollicité de toutes parts, mais Pascal et lui étaient amis d'enfance. Il habitait la petite maison bleue juste en face de chez eux, et ils s'amusaient souvent ensemble dans la rue avec les autres gosses du quartier quand ils étaient petits, à l'époque où voir des enfants seuls dehors était encore normal. Ils s'étaient perdus de vue, Texier avait fait ses études à Strasbourg et n'était revenu s'installer dans la région qu'après un divorce difficile. Il avait tout de suite reconnu Pascal lorsqu'il avait franchi la porte du cabinet et lui avait assuré son suivi malgré tout, en souvenir du bon vieux temps. Pascal en aurait chialé de soulagement.

Si Texier avait refusé, ce qu'il était tout à fait en mesure de faire, il lui aurait fallu envisager d'aller jusqu'à Vrigne-aux-Bois, à trente kilomètres de là, pour trouver un médecin traitant. C'était un sujet récurrent dans les fiévreuses discussions qu'entretenaient ses collègues de l'usine. Ils se tapaient sur la gueule constamment, se hurlaient dessus – mais putain Jean-Pierre, je t'ai dit de fermer ta grande gueule –, et le lendemain ça se fendait la poire comme si rien n'était arrivé. Ça fait de la vie, les autres disaient. Pascal ne prenait plus part aux débats, il avait assez donné en termes de discussions politiques qui ne mènent nulle part. En revanche, quand tout le monde voulait se mettre d'accord, le sujet des médecins faisait consensus. Ces connards de médecins, on devrait leur imposer leur lieu d'exercice. Attends, c'est quand même nous qui payons leurs études avec nos impôts ! En quel nom les profs devraient subir leurs mutations et pas les médecins ? On a autant besoin de professeurs que de médecins dans la vie ! C'est un scandale national que le peuple crève dans les campagnes, dans un des pays les plus riches du monde, parce que les docteurs décident de se terrer dans les villes ou sur la Côte d'Azur.

Pascal est de ces indignés qui n'ont plus la force de se battre.

Après trop de défaites, il a appris à vivre sa vie dans son coin. Il a trop donné à des causes perdues.

Inès est en Stan Smith au milieu du salon traversant. Elle propose à Pascal de s'installer dans l'un des deux canapés. Tout est trop blanc, rien ne dépasse. Pascal a peur de déranger quelque chose.

Vous vouliez me poser des questions sur Louis ? Elle demande ça sans autre chose en guise d'introduction. Elle ne propose même pas un café, ne mentionne pas la météo ni l'existence troublée d'Aliénor d'Aquitaine. Tu peux me tutoyer, dit Pascal. Qu'est-ce que tu préférais, chez Louis ?

Pascal demande ça parce qu'il ne sait pas par où commencer. Il est touché par la confiance d'Inès, par ses beaux cheveux bruns noués en natte qui tombent négligemment sur son épaule nue, par son regard assuré, par ses grands yeux noisette. Elle a l'air invulnérable. Comme si rien ne pouvait la déstabiliser.

Vincent

Il a passé des heures à l'écouter. Elle ne s'interrompait presque jamais. Son flux était fascinant, chaque détail menait à une autre histoire. Quand il l'avait quittée, la nuit était déjà tombée depuis longtemps. Les parents d'Inès étaient rentrés entretemps. Ils étaient polis, lui avaient présenté leurs plus sincères condoléances avant de s'excuser et de disparaître.

Pascal sort de l'immeuble sans trop comprendre ce qui lui est arrivé. Toutes ces choses que Louis ne lui a jamais dites. Mais surtout toutes ces choses que Pascal n'a jamais cherché à savoir. Il se demande comment font les autres parents. Pascal avait toujours tendance à voir Louis comme un grand enfant, il ne s'était jamais posé de questions.

Il ne sait pas trop l'heure qu'il est. Il n'a pas pris son portable et n'ose pas arrêter quelqu'un dans la rue. Il redescend vers la gare, qui n'est pas si loin, espérant pouvoir prendre un train rapidement. En arrivant, il est surpris de constater qu'il est minuit passé et que le dernier train pour Bogny a quitté la gare il y a bien longtemps.

Après quelques instants d'indécision, il prend la direction du Dresden Strasse pour essayer de confronter ce Vincent. Apprendre que ce petit con a fait du mal à son fils lui donne envie de le blesser. Pascal n'est pas violent. Si on vient lui chercher des problèmes, il se défend, mais il n'est jamais le premier à envoyer un coup. Il voudrait juste regarder ce type droit dans les yeux et lui dire Louis était mon fils et il s'est tué à cause de toi.

Le Dresden est une boîte de nuit atypique, située dans un complexe d'immeubles modernes très laids, un délire architectural de béton gris et jaune pisse sur lequel Le Corbusier se serait sûrement branlé. La boîte est au premier étage, il faut payer cinq euros pour rentrer. C'est une pièce, pas très grande, qui devait être un studio habitable à l'origine. Elle doit faire moins de cinquante mètres carrés. Il y a un bar ouvert sur la piste de danse carrelée. Quatre grandes vitres habillent le mur de droite et donnent sur trois peupliers. À gauche, Pascal devine l'entrée du cimetière où se trouve la tombe de Rimbaud que Louis visitait chaque année depuis cinq ans à l'anniversaire de la mort du poète, entre deux cours. La seule source de lumière, excepté la faible lueur des lampadaires de la rue, provient d'un néon rouge et imposant qui surplombe le comptoir.

Le confinement de l'endroit crée une promiscuité évidente entre les corps. Pascal se fait bousculer mais se sent invisible et ça lui fait du bien. Il ne comprend pas la musique qui passe, faite de sons bizarres et d'accords douteux, mais il ne veut pas avoir l'air du vieux vicelard qui vient mater des culs, alors il se déhanche comme il peut, par mimétisme. L'endroit lui donne envie d'une clope. Tout le monde fume à l'intérieur, et seule une petite fenêtre est ouverte, l'air est irrespirable. Pascal a arrêté de fumer le jour où Louis, à l'âge de quatorze ans, lui avait fait une présentation PowerPoint en douze points sur le tabac. Au bout du sixième point, Pascal avait abdiqué et juré qu'il ne fumerait plus. Avec son maigre argent de poche, Louis lui avait acheté des patchs. Pascal avait accepté et n'avait plus jamais retouché une cigarette de sa vie. Là, il en a besoin. Il ne peut s'empêcher de penser à la réaction de Louis quand il découvrira qu'il a refumé, lui dont le nez était un véritable radar, mais cette pensée quitte son esprit quand il se souvient que Louis n'est plus là pour lui faire la leçon.

Il pose son manteau sur une pile de vestes et d'écharpes et fait semblant de chercher un truc dans l'une des poches, alors qu'en fait il taxe une clope dans un paquet à moitié ouvert laissé sur le banc. Il demande du feu à une fille à sa droite qui le lui tend sans même un regard. Il la remercie, elle ne le calcule pas.

La première bouffée lui arrache la gueule. Il toussote un peu mais essaye de le faire discrètement sans avoir l'air d'un débutant. La deuxième latte, c'est le pied, il tire longuement sur la cigarette et sent l'air rance pénétrer ses poumons. Il lève sa tête en l'air et recrache doucement la fumée, feignant d'être fasciné par les volutes qui s'élancent vers le plafond.

Un mec fend la foule, se faufile à côté de lui et fouille un peu dans les manteaux. Pascal l'observe distraitement. Le mec trouve le paquet de clopes dans lequel Pascal vient de se servir, le met dans sa poche et allume sa cigarette. Une très jolie fille aux cheveux noirs et aux yeux maquillés plus que de raison s'approche et dit Vincent, P2 !

Pascal manque de s'étouffer en tirant sur sa clope. Il regarde le garçon plus attentivement. Il a les cheveux courts qui bouclent déjà. La lumière est faible, il ne distingue que sa mâchoire carrée. Vincent sourit et donne sa clope à la fille qui tire une latte, puis lui rend. Le manège dure plusieurs minutes pendant lesquelles ils se parlent peu. Ils se contentent de regarder autour d'eux en se dandinant, tirant tour à tour sur la cigarette.

Pascal s'éloigne et l'observe par petits coups d'œil. Il ne veut pas se faire surprendre. Le regard de Vincent se perd dans la foule, Pascal le sent soucieux. Il n'a pas l'air de beaucoup s'amuser. Peu à peu, les déhanchés timides qu'il se forçait à faire s'amenuisent jusqu'à ce qu'il reste planté là comme une tasse vide, à l'écart des gens qui dansent vraiment (écart tout relatif au vu de la promiscuité de l'endroit, mais quand même).

À un moment, leurs regards se croisent furtivement. Pascal tourne aussitôt la tête, comme si de rien n'était. Il n'ose même plus regarder dans cette direction, fixe un point au-dessus du bar, genre je m'intéresse aux prix des cocktails, putain huit euros l'Aperol Spritz et six euros le Club Matte. Pascal ne sait pas du tout ce que c'est. Tout ce qui sonne allemand ne lui plaît pas. Pascal a toujours pensé que la relation très bizarre qu'entretiennent les Ardennais avec les gens de l'étranger vient du fait que, pendant le Seconde Guerre, c'est quand même eux qu'on a piétinés en premier. Son père y était, retranché dans l'abbaye de Signy, pendant que les Allemands bombardaient et que nos soldats se la touchaient sur la ligne Maginot. Pas étonnant que les Ardennais conçoivent les touristes comme des envahisseurs. Restez chez vous ou allez autre part mais surtout foutez-nous la paix.

Le regard de Vincent est magnétique. Pascal le sent sur lui et résiste à l'idée de le lui rendre. Ils sont grands tous les deux et surplombent la foule, ils ne peuvent pas se perdre. Pascal sent du mouvement de son côté et quand il jette un œil pour voir ce qu'il se passe, Vincent a disparu. Pascal fait le mec qui jauge l'endroit mais il s'en veut d'avoir perdu sa trace.

Il sent soudain un corps derrière lui, quelque chose de proche, trop proche. Il ferme les yeux, essaie de se persuader qu'il n'est pas vraiment là. Salut, lui lance Vincent au creux de l'oreille. Les jambes de Pascal flagellent un peu. Ça fait longtemps qu'on ne lui a pas parlé si près et ça ne lui déplaît pas, même si le fait que ce soit un homme le rend perplexe. C'est ce qui lui manque, en fait, à Pascal, dans son célibat : la proximité. Quand t'es seul, personne te caresse les doigts en regardant la télé, tu n'as pas d'épaule contre laquelle somnoler, pas de taille à enlacer en marchant dans la rue, pas de pieds qui viennent se mêler aux tiens dans le lit, plus personne pour te caresser la nuque. La cuisse de Vincent est collée aux siennes. De loin, ça peut paraître anodin, la musique est tellement forte qu'il faut se rapprocher à l'extrême pour s'entendre. Tu crois que je t'ai pas remarqué en train de me mater depuis tout à l'heure ? Pascal est pétrifié, Vincent a une voix méchante, dominatrice. Il bégaye quelque chose du genre non mais c'est pas du tout ce que tu crois. Ah ouais, dit Vincent, et qu'est-ce que je crois ? Pascal est pris au dépourvu. Je sais pas, tu crois que je te drague, peut-être ? Il sent le sourire de Vincent derrière lui, il l'entend dans sa voix. C'est exactement ce que je pense. Il rapproche encore plus son corps, Pascal commence à avoir chaud.

Je suis le père de Louis, annonce Pascal.

Il entend la respiration de Vincent se couper et le sent se décoller peu à peu de lui. Pascal se retourne et lui fait enfin face. Autour d'eux, la musique est tonitruante. Vincent lui fait un petit signe de la tête et l'invite à le suivre. Il prend son manteau sur la pile, Pascal l'imite. Vincent, qui se dirige vers la sortie, n'a pas l'air d'avoir peur, bien au contraire, il est clair qu'il se sent en parfaite maîtrise de la situation. Ils passent la porte. L'immeuble semble résidentiel et, même si les murs sont plutôt bien insonorisés, ce doit être un enfer pour le voisinage. Pascal se demande si tout cela est bien légal. Les toilettes sont au deuxième étage, ça crée un bordel monstre dans la cage d'escalier. Pascal suit Vincent jusqu'au parking.

Le vent s'est levé. Il faut tenter de vivre.

L'endroit est un peu sordide. Il est persuadé d'avoir remarqué un couple en plein ébat dans une voiture au fond du parking, les vitres pleines de buée, faiblement éclairées par la lumière de la rue. Les peupliers que Pascal voyait depuis l'intérieur sont balayés par le vent. Ils se penchent beaucoup et menacent de tomber. Pascal repense à Inès et à sa peur irrationnelle que le ciel lui tombe sur la tête.

Vincent vient d'allumer sa clope, adossé contre une bagnole pourrie qui doit traîner là depuis des lustres, et daigne enfin lui jeter un regard. Il porte un bombers bleu marine avec des patchs de la NASA et un petit drapeau suisse, qui se voudrait américain et vintage mais qui pue le neuf et le cher. Il est bien foutu l'enculé, et ses vêtements le mettent bien en valeur. Pascal se surprend à penser des trucs pareils. Des fois, à l'usine, il a envie de complimenter ses collègues sur leur tenue mais il a peur qu'on le traite de gonzesse. L'espace d'un instant, Pascal se revoit au même âge, il avait presque le même corps, mais il y a quelque chose de différent chez Vincent. Pascal a grandi au milieu des visages émaciés par la pauvreté, au milieu des peaux sillonnées de tranchées de misère dans lesquelles se sont incrustées toutes les crasses d'une vie. Vincent a la peau d'un mec qui n'a jamais eu de problèmes, la gueule du gars qui passe ses hivers à Megève et ses étés dans des endroits exotiques. Il fait partie de ces gens que Pascal méprise, qui ont tout, pour qui le monde est un terrain de jeu. Vincent a cette peau et ce sourire assurés qui vont avec sa classe, le sourire et la peau d'un type pour qui tout a toujours été simple.

Je me disais bien que ta tête me rappelait quelque chose, affirme Vincent. Vous avez vraiment la même gueule avec Louis, c'est terrible. Pascal est confus et demande pourquoi tu m'as fait sortir ici avec toi ? Vincent rit doucement. Ben je sais pas, t'es le père de Louis, Louis n'est pas là et t'arrête pas de me mater, je me dis que tu as peut-être des choses à me dire. Je me trompe ? Pascal a envie de le déstabiliser. De le blesser. Pendant une seconde il a peur que Vincent ne réagisse pas, qu'il ne soit pas touché. Il finit par le dire : Louis est mort. Il le répète : Louis est mort.

Le sourire de Vincent s'efface. Pendant de longues secondes, il tente de se contenir, Pascal le voit à la pulsation de ses tempes. Ça lui fait la même chose quand il est trop énervé et qu'il serre les poings en cherchant à se calmer. Pascal est rassuré, il aime voir que ça l'affecte. Vincent jette sa clope par terre, l'écrase du pied. Il s'éloigne un peu puis revient sur ses pas. Un fauve en cage. Il se met à chuchoter putain putain putain. Il est fébrile. Soudain, son poing vient violemment rencontrer la vitre de la voiture contre laquelle il était adossé. La vitre ne se fissure pas mais la douleur est suffisamment vive pour que Vincent attrape sa main droite et souffle dessus. Pascal demeure immobile, l'observe sans rien dire. Vincent s'assoit par terre, les jambes écartées et les bras posés sur ses genoux, il se met la tête entre ses genoux et Pascal l'écoute respirer. Il se revoit la veille avec Adrien, et se dit que ça n'est pas très glorieux, comme vision. Pascal a beaucoup d'empathie pour lui. Après ce qu'Inès lui avait raconté, il voyait Vincent comme un pauvre type. Il voulait le provoquer, mais il ne s'attendait pas à une réaction aussi sincère, aussi violente. Il est mal, le petit. Ça veut dire que Vincent tenait à Louis. Il s'assoit à côté de lui et ils restent ainsi en silence plusieurs minutes. Vincent le remercie tout bas d'être venu le prévenir.

Je me sens tellement mal, putain, dit Vincent. Je l'aimais bien, Louis, pour de vrai. Il était un peu chiant parfois parce qu'il comprenait pas que, quand je suis à Genève, je suis dans une autre vie, je peux pas tout le temps répondre à mon téléphone. Je ne l'utilise jamais là-bas, j'oublie de le recharger pendant la nuit. Je ne réponds même pas à mes potes qui vivent à cinq minutes. Mais j'aimais bien retrouver Louis. Honnêtement il rendait mes voyages ici moins glauques. Mon père est étrange. Je ne le vois jamais. Je viens à Charleville parce que j'y suis obligé, mais je ne passe jamais de temps avec lui, on ne s'entend pas, je reste au Dresden toute la journée. Quand j'ai vu Louis pour la première fois, il était avec ses potes du lycée. Ils ont remarqué que j'étais seul et sont tous venus me parler, c'était sympa. Au début, j'étais plus sur sa copine, la rousse, je me rappelle même plus son prénom, Roxane je crois, mais en traînant avec eux j'ai découvert la personnalité de Louis. Qu'est-ce qu'il était drôle ! Il me vannait toujours sur des trucs originaux. Sans trop que je m'en aperçoive, mon attention s'est dirigée vers lui, je pensais plus aux filles de son groupe. Ça m'était déjà arrivé d'embrasser des garçons, je savais qu'il y en avait trois ou quatre qui auraient remué ciel et terre à Genève pour coucher avec moi. Mais là c'était différent. Louis avait un peu de poids, mais je m'en foutais, j'adorais son visage. Il était beau. Je savais que je lui plaisais, sauf qu'il faisait pas du rentre-dedans vulgaire comme les autres, chez lui il y avait comme une innocence et un manque de confiance touchants. On a discuté de plein de trucs, ce soir-là. C'était la première fois que je pouvais être aussi honnête avec quelqu'un. C'est le seul garçon avec qui j'ai couché. Je ressentais quelque chose pour lui, mais je n'arrivais pas à le comprendre. Je me disais que, de toute façon, il ne serait pas près de bouger et que j'aurais le temps de me démerder avec ce que je ressentais.

Pascal ne sait plus trop où se foutre, il ne s'était pas imaginé que Vincent serait aussi touché. Il passe un bras affectueux autour de ses épaules. Une fille sort du Dresden et vomit ses tripes dans un égout non loin. Vincent a l'air sous l'eau. Immergé, il attend le creux de la vague pour pouvoir respirer. Parfois la vague est longue – des jours à retenir son souffle.

Pascal regarde le ciel. Le Dresden est dans un quartier résidentiel du centre-ville, un peu à l'écart, et après une heure du matin la municipalité coupe un lampadaire sur quatre pour le respect de l'environnement. Pascal pense plutôt que ça les arrange bien niveau coupes budgétaires. Sans trop de pollution lumineuse, on peut voir les étoiles, le ciel est très dégagé ce soir. Il repense à ce que Louis disait de sa mère à Inès, à propos des étoiles. Pascal est un peu triste qu'il n'ait jamais partagé ça avec lui.

Il observe son ciel d'un œil nouveau. Il voit des étoiles qui brillent et ça le rassure. Si son ciel est assez chargé, ça veut dire que les souvenirs sont là. Il s'amuse à déterminer quelle étoile correspond à quel souvenir. L'étoile Polaire, c'est Louis, celle qui brille le plus. Il y a aussi l'Écosse, là-haut. Le seul voyage que Pascal ait jamais fait, c'est l'Écosse, avec son cousin Daniel, mort il y a quelques années, à qui il pense chaque jour – deux semaines à pêcher dans les lochs écossais. Il est persuadé que Daniel l'y attend.

Tout deuil est une éclipse. Alors que luit le soleil, soudain, une lune noire vient obscurcir le jour. L'éclipse, en elle-même, ne dure qu'un temps, mais assez pour faire lever la tête vers le ciel. Puis, progressivement, la vie reprend son cours, les jours se succèdent, nuit, jour, nuit, jour, et l'ombre qui plongeait l'existence dans le noir s'en va. Le seul changement, c'est que derrière, tu laisses une part de toi. Tu survis, sans jamais plus être tout à fait entier. Vivre, c'est avant tout se fragmenter.

Pascal se demande à quoi le ciel de Vincent peut bien ressembler. Il se demande si lui aussi va vivre l'éclipse. Il retire le bras de son épaule, lui dit qu'il est temps pour lui de rentrer et qu'il peut le contacter *via* le téléphone de Louis. Vincent acquiesce dans un murmure.

Sylvie Latuile

Il est très tard, Pascal n'a plus aucune notion de l'heure. La fatigue ankylose ses membres. Il se demande comment il va rentrer à Bogny. Ne pas prendre sa voiture était une mauvaise idée. Il s'était dit qu'avec le train, au moins, il pourrait penser en paix à tout ce qu'Inès lui aurait appris, seulement il ne s'était pas du tout attendu à ce qu'elle le surprenne autant. Il va marcher, ou courir, comme Louis quand il rentrait de chez Vincent. Pascal, en s'éloignant du Dresden Strasse, jette un dernier regard par-dessus son épaule. Le jeune n'a pas bougé, si ce n'est par les secousses de ses sanglots qu'il devine de loin. Pascal n'est plus très satisfait de son coup.

Il atteint rapidement la place Ducale. Tout est calme, un calme que seule la nuit peut offrir aux villes. Il n'y a personne dans la rue, c'est presque affolant. Pascal songe que c'est là la caractéristique principale de la nuit : l'immobilité. Il est le seul élément mouvant de son environnement. Une proie. Quand il marche à ces heures-là, Pascal retrouve toujours cette angoisse sous-jacente, pas très forte mais qui ne peut être ignorée. Il se dit qu'il est fou, il a l'habitude des bois dans la nuit où tout grouille d'une vie invisible. Il ne devrait pas avoir peur, ici.

Le bruit d'un klaxon derrière lui le fait sursauter, il manque de tomber. Il tente de déterminer d'où vient le son. Pascal ! Quelqu'un a crié son prénom. Il n'en croit pas ses yeux : c'est Sylvie Latuile, dans sa voiture garée de l'autre côté de la rue, qui lui fait un grand signe par la fenêtre ouverte. Pascal est content de voir Sylvie ; il connaît bien sa silhouette altière, très brune, ses yeux en amande et ses jambes croisées revêtues des bottes sans lesquelles elle ne sort jamais, qui lui arrivent mi-cuisse. Sylvie est une bonne amie de Pascal. Elle habite Monthermé, il la connaît depuis qu'ils sont petits, ils sont allés à l'école ensemble. Magne-toi le fion, Pascal, merde, tu vois pas qu'il fait moins douze ? Pascal ne peut réprimer un petit rire et se dépêche de traverser la rue déserte. Il entre dans la voiture, s'installe, il fait chaud, il se sent tout de suite mieux. Un petit courant d'air frais provient de la fenêtre, Sylvie fume tranquillement. On se les pèle, pas vrai ? Pascal n'a jamais été aussi content de la voir. Elle ne se prend pas la tête, Sylvie. Elle finit de tirer sa dernière latte et jette la cigarette par la fenêtre. Sa caisse est toute pourrie, elle date des années quatre-vingt-dix. Pour remonter la fenêtre elle doit s'acharner sur la manivelle. Bon qu'est-ce que tu fous là toi ? Elle demande ça, mais Pascal sait qu'au fond elle s'en fout. J'étais chez des copains, j'ai pas vu le temps passer et je suis venu en train. Il lui répond évasivement, mais avec Sylvie ça passe, elle sent bien quand t'as pas envie de parler d'un truc. T'as des copains dans le centre de Charleville, toi, maintenant ? ironise-t-elle pour le taquiner un peu. Et toi alors ? Pascal lui renvoie la balle. Sylvie sourit, dit qu'elle fêtait l'enterrement de vie de jeune fille d'une amie qui va se marier avec sa compagne en mai. Elles ont fait une soirée raclette et Mylène Farmer, c'était l'éclate. En effet, elle a l'air de s'être bien amusée. Je te dépose ? Sylvie demande mais connaît déjà la réponse. Ma chère Sylvie, vous êtes un ange tombé du ciel, répond Pascal avec des airs. Elle rit un peu, elle connaît bien le charme de Pascal. J'aime quand vous me dites des mots doux, ajoute-t-elle d'une voix faussement charmeuse.

Sylvie est une femme forte. En matière de féminisme, Pascal n'y connaît pas grand-chose, il devine ce que ça veut dire et il n'est pas forcément contre, parce que quand il pense féminisme il pense à Sylvie, et il ne peut pas s'imaginer ne pas aimer Sylvie.

Sylvie est chauffeure de taxi. Elle a toujours aimé conduire et s'est dit je vais faire ça, piloter ma bagnole dans toute la région. Son affaire marche plutôt bien. Le nombre de vieux dans le coin qui ne peuvent plus conduire et qui doivent se rendre à des analyses ou des opérations, ça fait de la clientèle, surtout quand on sait que Sylvie est conventionnée, ce qui veut dire que les clients qui font appel à elle pour des raisons médicales peuvent se faire rembourser par la mutuelle. Et puis niveau concurrence, les Ardennes, c'est le pied, personne est assez fou pour faire ce métier ici. C'est typique de Sylvie, ça, faire un truc un peu barré. Elle a un entrain rare qui la porte là où elle veut aller. Plus de trente ans qu'elle passe à sillonner les Ardennes. Tout le monde la connaît. Peu importe à qui on s'adresse, elle aura un jour transporté une tante, un cousin, une amie. Elle fume comme un pompier, mais pas dans son taxi. Cette voiture-là, elle l'a achetée sur leboncoin et l'a fait retaper pour pas grand-chose. Elle s'en sert pour les trucs de la vie de tous les jours, pour ne pas abîmer la belle voiture qui lui sert de taxi. Sylvie roule vite mais Pascal aime les gens qui roulent vite. Il aime avaler la route.

Il y a deux ou trois ans, on parlait beaucoup de Sylvie Latuile dans la vallée. Entre Monthermé et Bogny, les choses circulent vite. Pendant quelques mois, tout le monde racontait comment elle avait foutu son mari à la porte en hurlant, après avoir défoncé son pare-brise avec une tuile qui traînait par là. Depuis, on n'arrête pas de dire qu'elle n'a pas volé son nom de famille, celle-là. Pascal connaissait son mari, Raymond : ils avaient travaillé à l'usine ensemble, avant que celui-ci ait un coup dur au dos qui l'avait arrêté pendant un an. Après, même s'il allait mieux, il avait préféré prolonger son arrêt, feignant des douleurs. Parce que finalement il n'était pas contre l'idée de toucher un salaire à rien foutre. Puis, quand il était arrivé en fin de droits, il avait voulu continuer comme ça, parce que les horaires de l'usine, c'est la plaie, il n'était plus habitué. Sauf que Sylvie ne l'avait pas entendu de la même manière et qu'on avait vite vu revenir Raymond au travail. Mais sans femme cette fois, sans maison et avec une voiture déglinguée par la fameuse tuile. Raymond s'était salement fait chambrer avant que ça se tasse. La séparation était nette : ils n'étaient pas mariés et la maison appartenait à Sylvie. Mort dans le film. Sylvie n'était pas peu fière de sa petite réputation. À la ville, elle disait croyez-moi, c'est pas moi qui vais entretenir un mec. Les feignants, je les fous dehors.

Sylvie est concentrée. Elle est passée par le bas, le long du fleuve. Ils viennent de traverser Nouzonville. La route est un peu sinueuse par moments et les arbres se confondent avec le ciel sombre. Ils ne risquent pas de croiser quelqu'un, alors Sylvie a mis ses feux de route. Rien qu'elle, lui et l'asphalte sur lequel ils semblent glisser.

Sylvie brise le silence. Désolée de ne pas avoir été là pour l'enterrement du P'tit Louis, je devais conduire M. Pierre à l'hôpital. Pascal lui assure que c'est pas grave. Elle rétorque : si, c'est grave. J'aimais beaucoup Louis, on se voyait très souvent, il venait dormir chez moi.

Pascal ne peut s'empêcher de lui jeter un regard ébahi. Qu'est-ce que tu racontes ? Sa voix trahit sa surprise. Quoi, il ne t'a jamais mis au courant ? Louis venait toutes les semaines dormir chez moi. On se voyait beaucoup. J'allais le chercher au lycée en voiture et on passait la soirée à cuisiner, à déconner ensemble. Il m'écoutait parler, qu'est-ce qu'il écoutait bien, ton fils, Pascal. Les heures que j'ai passées à lui raconter ma vie, il l'aura presque mieux connue que Raymond. Il s'intéressait aux autres, ce garçon. C'est rare.

Pascal aimerait que tout finisse. Plus il avance, plus il a l'impression qu'on lui confisque son fils, qu'on lui vole la perception qu'il avait de lui. Sylvie se concentre, dans le noir, toute son attention doit être portée sur les virages. Pascal est content qu'elle se taise. Là, il a besoin d'une pause. La journée a été trop riche. Il sent un vide l'envahir, un trou qui se forme et qui l'aspire. Il a envie de marcher. Jamais il ne s'est senti aussi seul. Une solitude si complète que rien ne peut la combler. Tout semble vain. Il se rattache à Louis comme à un radeau qui le tient à flots et qu'il sent partir à la dérive.

Sa simple présence suffisait ; jamais plus il ne la sentira. Une présence calme, certes, constamment plongée dans un livre, mais une présence quand même. Des mouvements, des bruits. Entendre, depuis sa chambre, un stylo gratter le papier, une fenêtre se fermer, une porte de placard claquer, le bruit de son pas lourd dans le couloir qu'il aurait pu reconnaître entre mille autres ; deviner ses sourires dans l'intonation de sa voix ; ce bruit de gorge quand il buvait à la bouteille, d'ailleurs il s'était toujours dit que c'était curieux, ce bruit de gorge : Nathalie faisait le même quand elle buvait ; le bruit des pages qui se tournent, le bruit de la porte du frigo, le bruit des bouteilles de soda qu'il ouvrait à longueur de journée, doux et délié, le bruit de la clé dans la serrure et sa voix qui dit coucou, toujours coucou, jamais salut ou bonjour, toujours coucou, et bisous en partant. Pascal sait que quand il va rentrer chez lui, il fera froid et ce sera le noir.

Tu veux venir boire un dernier godet à la maison ? Sylvie demande. Pascal sait que cette femme peut lire ses pensées. Il a soif, il n'a rien bu depuis qu'il est parti de chez Inès. Il accepte. Sylvie allume une nouvelle clope et la fume de la main gauche pendant que la droite tient le volant. Elle clope très vite et jette encore son mégot par la fenêtre.

Bientôt, ils atteignent Bogny, qu'ils traversent, et filent droit vers Monthermé. Sylvie vit dans une petite maison mitoyenne en hauteur sur la colline, elle a vue sur la fameuse boucle de la Meuse, cet ample méandre du fleuve que Pascal adore admirer depuis la Roche à Sept Heures. Sa mère lui disait toujours Pascal, le monde entier nous l'envie, cette boucle, elle est dans tous les manuels du monde. Depuis ce temps, Pascal aime imaginer que, quelque part à des milliers de kilomètres, des enfants épatés apprennent qu'ici, à Monthermé, se trouve la boucle de la Meuse. De la fenêtre du salon, on peut aussi voir l'hôtel des Boucles, qui fait café et restaurant, juste à gauche du pont de l'Europe, sur les bords du fleuve. Louis aimait bien aller aux Boucles, l'été – c'était comme partir en vacances.

Pascal et Sylvie s'assoient sur le canapé rouge et boivent du café. Sylvie fume sa troisième cigarette. Pascal ne peut s'empêcher d'inspecter les murs qui ont été blancs. Il parle des Boucles et Sylvie, à qui on rapporte tous les ragots, lui raconte la concurrence féroce qui s'est établie entre son ami Laurent, le directeur des Boucles, et Maurice, son beau-frère, le propriétaire du France, l'hôtel qui se trouve juste en face, sur l'autre rive de la Meuse ; Maurice, qui a divorcé de la Josiane, la sœur de Laurent, pour se taper sa comptable de quinze ans de moins que lui, la Monique (comme son nom ne l'indique pas).

Laurent a employé sa sœur et les deux vouent une guerre sans merci à l'hôtel de France, une hostilité que Maurice et la Monique (qui avaient d'ailleurs prévu de se marier une fois passé l'hiver) ne voient pas d'un bon œil. Pascal adore se perdre dans les histoires de Sylvie, qui peuvent durer des heures et qui le font beaucoup rire. Sylvie a tendance à l'extrapolation, pour le plus grand bonheur de ceux qui l'écoutent.

Elle se confie : c'est cette histoire de guerre hôtelière qui m'a rapprochée de Louis. On discutait un jour aux Boucles, pas bien longtemps après que Maurice a quitté la Josiane, je peux te dire le boucan que ça faisait cette histoire, jusqu'à Hautes-Rivières on en parlait, si, je te jure, jusqu'à Hautes-Rivières, la cousine de la bouchère travaille au Simply et elle m'a dit que jusque chez elle, on ne parlait que de ça. Bref, Louis buvait son café au soleil, peinard, toujours avec son bouquin, dis donc à chaque fois je me disais Pascal il a fait du sacré bon boulot, son fils a lu plus de livres que tout Bogny et Monthermé réunis ! Très bien élevé, ton gosse, Pascal, je lui demande si je peux m'asseoir avec lui, il me répond oui madame.

Sylvie rit en se cachant la bouche.

Ça faisait bien des années qu'on m'avait pas appelée madame. Ben oui parce que finalement les gens que je vois à Monthermé ils m'appellent Sylvie, et puis eh oh je suis encore jeune, hein. Ou alors ils m'appellent Latuile, rapport à mon nom de famille et à cette histoire avec Raymond. Par contre ils se croient drôles, quand ils me voient arriver ils disent oh non, c'est la tuile ! Heureusement, je suis pas bigleuse, je fais semblant de rire quand même, après tout ça coûte rien. Pascal se demande en quoi être bigleuse ou non a un rapport avec son humour, mais Sylvie fait souvent des rapprochements incongrus comme celui-là, alors il passe outre. Il était poli Pascal ton fils, tellement poli que ça faisait plaisir, en tout cas moi ça me faisait sourire, je me disais c'est pas les enfants de n'importe qui qui parleraient comme ça. Tous les djeuns d'aujourd'hui, ils manquent de respect. Il me faisait bien marrer le P'tit Louis. Laurent était venu boire un godet avec nous aussi, il prenait une petite pause, il en pouvait plus Lolo, dans l'hôtel il y avait un couple de Parisiens, le mari était producteur de je sais pas quoi, Ushuaïa TV, un truc à la con, tu te doutes bien, le mec lui demandait toujours du vin bio ou des conneries dans le genre, il disait qu'il était végéflexible, on n'y comprenait rien, on se foutait de leur gueule. Bref, Laurent se met à parler de Maurice et de la Josiane pour qui ça n'allait pas fort à l'époque. Elle est bien brave notre Josiane. Laurent était en colère, il répétait qu'il aimerait bien leur casser la gueule, à ces connards du France. Alors là Louis dit qu'on a qu'à écrire des commentaires de merde sur leurs pages Internet. Moi je sais pas m'en servir de ça tu sais bien, et puis Internet c'est Uber (elle le prononce « Hubert ») et moi je veux rien avoir à faire avec ça. Quels salauds, ces Uber, ça me fout des frissons. Mais Laurent ça l'intéressait, il voulait se venger un peu. Il a prêté son ordinateur à Louis, enfin son machin portable, et on s'est marré à écrire des horreurs, on se pissait dessus. Il avait de l'imagination, le môme. En deux mois, le France avait perdu vingt-cinq pour cent de la clientèle, et c'est Laurent qui a tout regagné, pile pendant la période du mariage de Maurice et Monique. Il était content le Lolo, et pis la Josiane, je te dis pas, rayonnante. Tu te rends compte que ces connards planifiaient le mariage à l'avance, bien avant le divorce ? Je veux bien comprendre que ça n'allait pas, mais il y a des choses qui ne se font pas. C'est indigne, c'est tout. On s'entendait bien, avec Louis, on rigolait bien, et moi j'étais un peu seule. J'avais un petit secret, il m'a aidée. Attends, je vais te montrer.

Sylvie se lève et se rend à l'étage. La maison est assez longue mais très étroite, sur trois étages. Pascal regarde à travers la fenêtre du salon. Depuis qu'ils ont rajouté des lumières sur la statue du cheval Bayard, perchée en haut de la carrière, Pascal peut repérer à peu près où il habite puisque sa maison est juste en contrebas. Il entend les pas de Sylvie au-dessus de lui, ça lui rappelle quand Louis était petit, quand Nathalie était encore là. Nathalie et lui avaient pris la chambre du bas pour avoir de l'intimité. À sept ans, c'est Louis qui avait récupéré cette chambre. Pascal aimait la relation qu'il avait avec Nathalie. Il adorait se faire sucer devant le foot, et une fois bébé Louis couché, ils reprenaient le rythme d'avant l'accouchement, à s'aimer toujours. Des fois, en plein milieu de l'acte, ils étaient obligés de s'arrêter pour écouter les bruits au plafond, quand Louis sortait de son lit pour marcher, pour jouer, rouler, sans crier ni parler, ça les faisait rire. Ils le retrouvaient parfois le matin endormi à même la moquette, les fesses en l'air.

Sylvie redescend l'escalier les bras chargés de pochettes remplies de grands feuillets blancs. Elle pose tout sur la table, ça rebondit avec un bruit lourd. Elle est essoufflée, elle dit on n'a plus nos vingt ans. Pascal sourit. Elle organise un peu tout son bazar et explique à Pascal en s'allumant une nouvelle clope.

Tu sais que j'ai toujours bien aimé dessiner. Pascal opine – il ne savait pas, mais qu'importe. Eh ben figure-toi que depuis que j'ai commencé le taxi, et ça remonte, tu peux imaginer, depuis ce temps-là, j'ai écrit dans des carnets tous les trucs cons que j'ai entendus. Les gens se croient chez eux dans mon taxi, alors qu'en fait ils sont chez moi. À chaque fin de course j'écrivais dans mon carnet tous les trucs les plus débiles et les plus drôles que sortaient les clients, et je me disais qu'un jour j'en ferais quelque chose. Un carnet par an, à peu près, alors tu vois en trente ans de carrière j'ai de quoi faire. Un jour, j'ai invité Louis à la maison pour en parler, lui montrer, et il m'a dit mais Sylvie c'est génial ! Il s'asseyait précisément où t'es assis maintenant, on parlait, je faisais du thé et on lisait les phrases les plus drôles. On était pliés de rire. Ça m'a fait un bien fou, Pascal, je te jure. Après Raymond, c'était dur d'être toute seule. Il y a des moments où tu sais que tu as pris la bonne décision mais où tu regrettes quand même. Ce sont des choix qui coûtent cher. Il avait plein de bons côtés, Raymond, mais ses mauvais côtés, c'était devenu infernal. Alors quand Louis venait, il laissait traîner ses bouquins à droite à gauche, il posait son sac un peu n'importe où, on cuisinait ensemble, il parlait fort et la bouche pleine, ça faisait de la vie. Et on riait, on riait, ça, on s'est fendu la poire tous les deux à lire ces trucs. Louis était très bon public, il m'a poussée à choisir les meilleurs, et il m'a dit Sylvie, tu peux faire des dessins qui vont avec, un livre. Moi j'étais pas convaincue, enfin tu m'imagines, moi, Sylvie Latuile, faire un bouquin ? C'est pas ma place. Et Louis me disait essaye d'expliquer pourquoi c'est pas ton truc, Sylvie, pourquoi ça pourrait pas être ton truc ? Il me posait une colle ; va te démerder avec une explication, toi. Il doit y avoir plein de gens, en France et même ailleurs, qui veulent sortir leur BD. C'est péter plus haut que son cul de croire qu'on est plus doué que les autres. Sauf que si tu te mets pas dans la tête que ce que tu fais c'est bien, que ça mérite quelque chose, autant abandonner tout de suite et retourner à ta petite vie. Ça, Louis m'a permis de le comprendre. Et puis surtout t'as rien à perdre. Tu te mets à écrire, d'accord, pourquoi pas, et puis si ça marche pas, qu'est-ce que ça fait ? Louis disait qu'il y a plein de gens pour qui ça changeait tout, de ne pas pouvoir vivre de leur plume, mais moi, qu'est-ce que ça changera à ma vie si un connard de la ville me dit que ma BD c'est de la merde ? Tant pis pour toi, enflure, j'irai voir ailleurs.

Des couilles grosses comme ça qu'il avait ton fils, Pascal. Il fallait être fort pour être comme lui, enfin tu vois ce que je veux dire, aujourd'hui on l'accepte mieux mais quand même, dans la région, il faut être courageux. C'est malheureux, tu vois, tous ces garçons qui s'y croient en roulant des mécaniques, genre c'est moi le plus fort, je suis un vrai mec. C'est pas ça être un mec.

Elle baisse d'un ton, chuchoterait presque, un peu comme ces acteurs de théâtre qui baissent la voix quand c'est important pour capter toute l'attention.

Je sais pas si tu te rends compte, Pascal, ton fils a su s'affirmer en sachant bien que ça risquait de ne pas plaire. Être un homme, ça n'a rien à voir avec la peur, avec le courage ; c'est savoir être juste. La peur qu'il a dû avoir quand il a été question de se dévoiler, d'être vulnérable, putain ça je peux pas m'y faire comme c'était courageux. Aimer les hommes, défendre les femmes coûte que coûte. Tu sais qu'il a sauvé Mme Vian d'un sale quart d'heure au tribunal ? La pauvre ne savait plus comment s'en sortir, embourbée dans des histoires à n'en plus finir, son mari violent, ses fils violents, et elle perdue au milieu de tous ses soucis. Et puis à la police on se bouscule pas trop pour aider les femmes qui se prennent des coups sur la figure, ça les poulets quand il y a du pinard on les voit débarquer, par contre quand il faut défendre Mme Vian c'est la désertion. Je te les virerais tous, si ça tenait qu'à moi. Bref, Louis a réussi à sortir Mme Vian de ce bordel, ils se sont posés tous les deux et il lui a pondu une défense clé en main le gamin. Elle a pu les foutre dehors et exiger du juge une interdiction de l'approcher, une victoire. Tout ça c'était grâce à lui. Il m'avait dit l'année prochaine quand je serai à l'université en ville j'irai m'engager. Il m'expliquait comment faire, à qui envoyer mon projet, il avait écrit ma lettre d'introduction pour que les éditeurs se disent pas tout de suite putain comment elle écrit, elle. Parce que c'est vrai que je fais pas mal de fautes. Louis me corrigeait.

Alors, ce que tu as là, c'est tout ce que j'ai dessiné. On se voyait moins avec Louis depuis Noël, mais on s'envoyait souvent des messages. J'allais photocopier ces pages à Charleville quand j'ai appris la nouvelle. Je me suis effondrée en larmes dans mon taxi, j'ai arrêté ma journée, je suis rentrée. Pas moyen de prétendre que ça allait bien. Je voulais t'appeler mais j'ai pas eu le courage, et je me suis dit que tu voudrais être seul de toute façon. Moi, quand mon père est mort, je voulais parler à personne, j'ignorais tous les messages qu'on me laissait sur mon répondeur, j'ai même débranché la prise. Les gens racontent qu'on a besoin de parler, mais tout ce dont on a besoin, c'est d'avoir la paix. Je suis étonnée que tu ne te sois pas replié dans les bois, comme t'es là. T'as l'air de te maintenir, c'est bien. Qu'est-ce qui te pousse ?

Pascal soupire et boit dans sa tasse.

Ce qui me pousse, c'est que Louis ne me disait rien, et que je ne sais rien. Tu te rends compte, Sylvie ? Je ne sais rien de sa vie. Sylvie a l'air perplexe.

Ce sont les choses qu'on tait le plus qui parlent le mieux de nous, elle dit. Il faut retourner la question, Pascal. Ces choses que tu découvres maintenant, est-ce que tu t'en étais inquiété ? Pascal regarde ses pieds, joue avec ses ongles, tout ce qui peut le distraire. Non, il n'a jamais rien demandé. Trop content d'avoir la tranquillité. Pascal déteste qu'on parle dans le vide juste pour parler, c'est pas ça parler. Parler, ça doit avoir du sens, c'est pour énoncer quelque chose d'important. Il était content que Louis le comprenne et avait le sentiment qu'il avait réussi à lui transmettre la valeur de la parole, surtout dans le monde dans lequel on vit où cette valeur est sans cesse discréditée, où on a perdu le sens du mot, où on voit les hommes et les femmes politiques dire tout et son contraire chaque jour à la télévision, où la parole n'engage plus l'honneur. Le manque de valeur du mot est le mal du siècle.

Pascal était content que Louis comprenne ça. Quand ils mangeaient, toujours devant les infos à la télé, Pascal ne pouvait pas s'empêcher de pester à voix haute, pendant que Louis écoutait. Parfois c'était pénible, Pascal le sait, il a une voix qui porte et peut facilement couvrir le son. Mais quand Louis faisait un commentaire, Pascal était toujours content d'entendre quelque chose d'intelligent, de pertinent. Louis s'exprimait avec clarté.

Mais voilà que maintenant s'insinue le doute. Si Pascal a toujours réfléchi avant de parler (sa mère disait tourne sept fois ta langue dans la bouche et si au bout du quatrième tour t'es pas sûr que ce que tu vas dire mérite d'être entendu, vaut mieux ne pas l'ouvrir), il n'a jamais pris l'habitude de poser des questions. À l'usine, avec ses collègues, ou avec ses amis, ils ne le font jamais. À part ça va l'usine ?

Ou comment vont ta femme et les enfants ? On ne demande rien. Pascal se dit que c'est peut-être pour ça que leurs immenses discussions virent aux hurlements (à Bogny, on les appelle ironiquement *les muets*), sur le foot, la politique, le syndicat, le patronat, le gouvernement, les médias, les juifs, les francs-maçons, la religion, l'islam, le Moyen-Orient, le terrorisme.

Tous ces sujets, c'est ce que les hommes ont inventé pour ne pas parler d'eux. Une mascarade. On se hurle des banalités, on s'écrie des choses qu'on a entendues ailleurs chez des gens qui n'en savent pas plus que les autres. On préfère faire la guerre, se taper dessus, envoyer des millions d'hommes se faire buter, on préfère sacrifier la jeunesse d'un pays, tout ça pour ne pas avoir à discuter, parce qu'il n'y a pas d'honneur ni de démonstration de force dans le dialogue.

À la fin, tu retrouves ton fils mort.

Pascal est silencieux. Il ne s'est même pas rendu compte que Sylvie s'est assoupie sur son fauteuil, le menton quasi sur les seins, enroulée dans son plaid imitation panda. Pascal se lève et va boire un coup d'eau dans la cuisine. Il prend la bouteille dans le frigo, on est en mars et on se gèle mais rien ne vaut l'eau fraîche. Ses mains tremblent moins depuis qu'il est avec Sylvie. Devant Vincent, il semblait bouillir, ses mains lui échappaient, il tentait de rester calme. Ici, tout va mieux. Malgré la nuit, Pascal n'est pas fatigué. Au contraire, il ne s'est jamais senti si éveillé. La rue n'est plus éclairée à cette heure-ci. Il a besoin d'air. Il pose son verre dans l'évier et se dirige dehors. Il contourne la maison vers le petit jardin à l'arrière, il y a une terrasse, l'été ça doit être agréable. Tout est calme, il aime le calme d'ici. Il a toujours eu peur de se confronter aux bruits d'ailleurs. Ici, il reconnaît les sons, les lourds fracas au loin provenant de l'usine qui ne trouve jamais le sommeil, le bruit des buses, l'aile du héron, l'écluse de la Meuse au méandre de Braux, l'aboiement pénible du clébard sur l'autre rive, qui, décidément, ne se décidera jamais à crever. Il a tout appris dans la vallée. Il ne se verrait pas vivre autre part. Louis, au contraire, n'attendait que ça, de se couper des bruits d'ici. Plus que tout, il voulait découvrir autre chose.

Le jardin est agréable chez Sylvie, c'est un peu en pente, comme chez lui. Dans la vallée, à part au ras de l'eau comme chez les Hollandais, on risque pas d'être au plat. Il s'allonge sur l'herbe froide et légèrement humide.

Pascal se demande où passent les souvenirs. Il regarde son ciel. Qu'est-il advenu de ces nuits qui n'en finissaient jamais, avec les copains à la buvette de la Meuse, à refaire le monde en écoutant Brassens ? Les femmes dansaient sur les tables, la bière coulait à flots, il était jeune et vigoureux. Qu'est-il advenu de ces regards pleins de désir qu'il sentait sur lui, qui le déshabillaient ? Sous ces regards, son propre désir montait, c'était comme une évidence. Il faisait l'amour souvent, les femmes n'étaient pas avares de leurs cuisses, il les aimait toutes. Qu'est-il advenu de cette nuit de 1998 quand la France a gagné la Coupe du monde ? Ils étaient tous ensemble, même Nathalie avec Louis qui avait deux ans à peine. Ils avaient couru dehors, Nathalie poussait la poussette, Louis irradiait, tout le monde était là, ivre d'alcool, d'allégresse au son des klaxons, il y avait eu des feux de joie, on chantait, c'était la victoire. Qu'est-il advenu de ces nuits avec Nathalie ? Ils descendaient s'acheter le vin le moins cher de l'épicerie Coccinelle en bas et se le buvaient à deux en riant et en regardant des films loués au vidéoclub de l'autre côté du pont, assis contre le lit dans la petite chambre de Pascal sur la télé rectangulaire qu'il avait chopée chez un pote. Quand le film était chiant, ils faisaient l'amour à même le sol, la peau éclairée par la lueur grise des images en noir et blanc de la vidéo qu'ils avaient choisie, parce qu'elle était pas chère, un truc hors du temps. Leurs corps se répondaient, ils faisaient de longues pauses, lui en elle, ils s'embrassaient à en perdre le souffle, affamés l'un de l'autre. Pascal sait que, quelque part, ces moments-là transpercent les ténèbres d'une lumière rieuse, mais que d'en bas il ne peut pas la voir. Il se rappelle un documentaire qui parlait du Japon. Il était dit que le suicide y était considéré comme une issue honorable.

Il entend du bruit derrière lui et se redresse. Son coude gauche s'enfonce un peu dans l'herbe humide. Il distingue la silhouette de Sylvie qui est sortie le rejoindre. Elle est enroulée dans son plaid, elle tient deux tasses d'où provient une fumée volubile, elle est concentrée pour ne pas en renverser, marche à pas mesurés, son épaule droite est nue. On distingue la naissance de son sein sous sa tunique, la bretelle est délicate. Pascal se redresse, se tient sur sa main droite et allonge ses jambes qu'il croise devant lui. Le bout d'une de ses chaussures commence à se détacher, il porte toujours ces baskets qu'il garde pendant des années. Elles sont très usées. C'est pas très beau mais il s'y sent bien. Sylvie s'assoit en tailleur à côté de lui, lui donne une tasse. Elle souffle doucement sur la sienne, celle de Pascal lui réchauffe la main gauche. Il y ressent comme un frisson passager. Pendant un long moment, ils ne se disent rien.

Tu ne te doutais vraiment de rien, par rapport à Louis et les garçons ? Pascal la regarde. Non, vraiment. Encore s'il était efféminé ou quoi, mais je trouvais pas qu'il l'était. Il avait une voix un peu aiguë, je te l'accorde, et il n'a jamais ramené de filles à la maison, ni personne d'ailleurs, enfin il ne m'a jamais présenté personne, mais bon je pensais qu'il était puceau et que ça allait venir. J'en connais plein, des gars qui n'ont pas fait l'amour avant d'avoir vingt-deux ans. Louis était jeune, et puis il allait partir à Lille ou à Reims, alors je me disais qu'il trouverait bien une jolie fille à aimer là-bas, il avait du charme. Jamais je n'aurais imaginé qu'il aimait autant les garçons. Enfin que c'était pour toujours.

Sous le faible vent, les épines de l'if du voisin sont menacées mais tiennent bon. Sylvie pose sa tête contre son épaule, ils partagent le plaid qu'elle a apporté, il commençait à grelotter.

Pascal ? Je crois que Louis s'était foutu dans de sacrées emmerdes, finit-elle par dire.

Il baisse les yeux et regarde le haut de son crâne, les cheveux tirant un peu vers le blanc qui réapparaît malgré les teintures. Elle tourne son visage de façon à pouvoir le regarder dans les yeux.

Elle raconte qu'un jour, ils étaient tous les deux chez elle, en train de travailler sur la bande dessinée, et que Brandon avait sonné à la porte. Brandon est un petit merdeux de la région, toujours là où il y a une connerie à faire. On le connaissait dans le coin comme un zonard, vaguement impliqué dans des trafics. Pascal le voyait souvent monter vers les bois de manière suspecte, avec d'autres gars, tous en jogging Sergio Tacchini et de mauvaises contrefaçons, des bandoulières Louis Vuitton autour de l'épaule, les pieds dans d'immenses chaussettes blanches de foot et des Nike requin. Une maigre allure de lascar qui ne trompait personne, une crédibilité proche du néant, surtout quand tu savais que Brandon se faisait toujours punir par son père. Par contre, il y avait bien moyen que ce Brandon se fasse l'équivalent de trois SMIC en deux semaines. Il arrivait toujours à contourner la police, à ne pas se faire choper. Il était con comme une huître, mais de manière assez étrange, les trois neurones qui lui restaient semblaient foncièrement dédiés à cette tâche d'échapper aux bleus. Sylvie continue en racontant que ce jour-là elle avait senti Louis stressé voire carrément anxieux, comme s'il était soulagé d'être arrivé chez elle, mais toujours en alerte. Quand on avait toqué à la porte d'entrée, il avait sursauté comme un enfant. Sylvie s'était un peu moquée de lui. Elle avait ouvert, c'était Brandon qui demandait je peux parler à Louis s'il te plaît Sylvie ? Sylvie avait regardé Louis d'un air qui veut dire qu'est-ce qu'il fout là celui-là et qu'est-ce qu'il te veut fais-moi un signe et je lui défonce sa gueule. Sylvie avoue avoir toujours rêvé se foutre sur la gueule. L'adrénaline, putain ce que ça me branche, je suis sûre qu'un jour je vais finir en taule à cause de ça. Je te jure Pascal, un jour je vais me battre ! Toujours est-il que Louis avait lancé qu'il n'y avait pas de souci. Pas trop assuré, le gamin, mais quand même assez pour que Sylvie le laisse sortir tout seul avec ce mec pas très net. Elle les espionnait depuis la fenêtre de la cuisine, celle qui donne pile sur la rue, Louis avait fait exprès de ne pas se mettre devant la haie, il s'était planté devant le petit portail, pour que si quelque chose se passait, Sylvie puisse le voir et intervenir. Il était pas con ton fils, Pascal, c'est dingue comme il pensait à tout. Ils avaient l'air d'avoir une discussion assez agitée, continue-t-elle, mais la fenêtre était fermée et ne pouvait plus s'ouvrir à cause de l'humidité. Elle n'avait rien pu entendre. Pascal lui dit putain Sylvie t'aurais pu faire un effort si tu devinais que ça sentait le roussi. Elle hausse les épaules. Oui bon j'avoue mais ça n'avait pas l'air bien grave, enfin Brandon semblait remonté, mais il est tout le temps remonté ce gamin ! Ils ne se touchaient pas, c'était déjà ça. Brandon ne l'a pas effleuré d'un cheveu, pas poussé ou quoi, il était juste énervé, il avait l'air de se contenir. Par contre, Louis ne faisait vraiment pas le fier, il flippait sévère. C'était juste avant Noël, et les deux mois suivants j'ai eu beaucoup moins de nouvelles, il répondait par un petit mot à mes messages mais il avait toujours quelque chose à faire, il trouvait sans arrêt des excuses pour ne pas venir, il ne voulait plus. J'ai pas insisté, on avait quand même quarante ans de différence. J'allais pas le forcer non plus, mais ça m'a fait de la peine, Pascal, si tu savais.

Sa voix commence à trembler, il voit les larmes qui se forment au creux de ses yeux d'habitude si malicieux.

J'ai toujours dit : les jeunes il faut savoir les laisser partir. Je n'ai jamais eu d'enfants, j'en ai jamais voulus, pourtant Raymond a insisté, ça on peut rien lui dire, il aura tout fait pour me convaincre, il les aurait portés lui-même s'il avait pu. Mais toutes mes copines qui me disaient oh Sylvie je suis trop triste mes enfants partent, la maison est vide, ils n'appellent pas souvent, ils reviennent parfois mais c'est plus pareil, je leur ai toutes dit la même chose, il faut savoir se détacher des enfants, ils ne vont pas rester dans vos jupons toute leur vie. Et elles me disaient tu as raison Sylvie tu as raison, mais c'est tellement dur à admettre. T'as été indispensable pendant quinze ans, parfois vingt, et tout à coup tu ne sers plus à personne. Attends, pourtant c'est le pied, la cinquantaine, on adore, tes gosses sont grands, si t'as un peu de chance ils sont carrément partis, tu peux faire la fête, t'es libre. Si ton mari et toi voulez improviser une salle de *bondage* dans la chambre du dernier, rien ne t'en empêche. Enfin faut juste fermer la porte à clé, Sylvie rigole à travers ses larmes, parce qu'imagine ton petit dernier qui tombe là-dessus, bonjour le traumatisme. Si t'as envie de partir je sais pas où, t'as plus de gosses à nourrir, c'est formidable ! Pourtant elles étaient toutes là à chialer parce qu'elles se sentaient inutiles. Je comprenais pas, moi ! Mais quand Louis a arrêté de venir, j'ai vu ce que c'était. Je m'étais attachée. Toutes les semaines j'attendais l'instant où il allait débarquer, il prévenait un peu au dernier moment, genre le matin pour le soir, et si je pouvais pas, il disait : demain, alors. C'était une question d'habitude, depuis qu'il venait, je prévoyais des choses à manger dans le frigo pour qu'on cuisine ensemble, et puis du Coca, il adorait ça. Sans m'en rendre compte, j'organisais des choses autour de lui, tu vois. Alors quand il a arrêté de passer, et que je lui demandais alors quand est-ce que tu viens ? Il répondait la semaine prochaine, Sylvie, la semaine prochaine, t'inquiète pas. Toujours une excuse, des examens, des cours, des répétitions de je ne sais quoi, des clubs au lycée… Pourtant avant, ça ne l'avait jamais empêché. Il était distant. Alors crois-moi quand tu te retrouves comme une conne avec tes lardons et ta crème fraîche que t'as achetés exprès et que t'es obligée de manger toute seule, t'es triste. C'était comme si soudainement il ne savait plus où donner de la tête.

Le souffle de Sylvie tremble à mesure qu'elle respire ; comme une saccade. Pascal la tient aussi fort qu'il peut. Ancrés dans le sable au plus fort de la vague, rien d'autre à faire que d'attendre l'oxygène. Encore des jours à passer sans respirer. Sylvie lui dit qu'il faudrait qu'il aille causer avec Brandon. Puis elle se lève, l'embrasse sur la joue, abandonne les tasses dans l'herbe et rejoint la maison. Pascal suit sa grande silhouette du regard et son parcours à l'intérieur de la maison, par les fenêtres. Elle éteint la lumière de sa chambre, à l'étage. Pascal sent ses paupières lourdes. Il s'endort presque aussitôt, à même le sol, enroulé dans le plaid que Sylvie a laissé, veillé par la Lune.

Brandon

On est dimanche et Louis n'est plus là. Pascal est réveillé par les premiers rayons du soleil ainsi que par le bruit du camion du boulanger, qui fait tout Monthermé et tout Bogny en klaxonnant chaque fois qu'il s'arrête. Le boulanger, Christophe, a repris le commerce de son père, Hervé, qui avait lui-même repris l'affaire de son père, Marcel. C'est Hervé, dans les années cinquante, qui avait décidé de faire la livraison du pain en camion. À l'époque, ils allaient jusqu'à Thilay ; depuis quelques années toutefois, ils se contentent de passer par Bogny et Monthermé. Le carburant coûtant trop cher, l'affaire n'était plus rentable.

Les gens sortent acheter leur pain au camion, ou alors ceux qui travaillent laissent un sac accroché à la porte avec un chiffre dessus et Christophe met le nombre de baguettes demandées. Ils paient tout le dimanche. Pascal se lève difficilement et se convainc d'aller acheter des croissants et une baguette pour Sylvie.

Christophe est content de le voir. Christophe est un bon garenne, trapu, les cheveux blonds très courts, son tablier blanc toujours impeccable avec son prénom que Marie, sa femme, lui a brodé sur le haut du torse. Avant Marie, Christophe était un phénomène. Pascal et lui sortaient souvent boire des coups. Ils faisaient tous deux des horaires compliqués, se levaient très tôt, et ne pouvaient se voir qu'une fois la journée terminée ou le week-end. Tous les deux aimaient regarder les filles. Ils allaient aux bals et faisaient des concours à la con du type qui allait embrasser le plus de filles ou peloter le plus de seins, des trucs de gosse, insignifiants. Christophe était beau garçon mais un peu simple, pas très fin, pas trop le genre avec qui discuter de choses sérieuses. Pascal était loin d'être laid mais d'une beauté moins conventionnelle. Il avait de l'esprit et beaucoup d'humour. Entre eux, la compétition était rude mais fraternelle. Christophe avait rencontré Marie à l'un de ces bals, à Linchamps, un soir d'été, et avait passé toute la nuit avec elle. Pascal l'avait chambré – lui, il avait peloté au moins cinq paires de seins différentes.

Cette nuit-là, il ne s'était pas rendu compte qu'il avait perdu Christophe. Tombé raide dingue de Marie. Il faut dire qu'elle était sophistiquée. Sauf qu'elle avait jugé Pascal trop rustre, comme une mauvaise fréquentation. Christophe avait lutté un temps, le voyant presque en cachette avant de peu à peu capituler devant les ultimatums de Marie. En un an, ils ne s'étaient plus vus que dans la rue, se saluant toujours chaleureusement, ou quand Christophe avait commencé à conduire le camion, le dimanche, mais sans plus. Pascal reste content de le croiser. Ils se lancent les regards entendus de ceux qui ont été frères. Christophe lui offre les croissants, Pascal le remercie. Il sent que Christophe a envie de rajouter quelque chose. Des condoléances, peut-être, un mot pour Louis. Ils se regardent pendant quelques secondes dans un silence de plus en plus pesant. Christophe baisse les yeux. Pascal tourne les talons.

Le camion redémarre. Christophe lui fait tout de même un signe de la main par la fenêtre. Pascal se retrouve seul, encore une fois.

Sylvie est en train de préparer du café, elle lave les tasses laissées dehors. Il entre sans frapper comme s'il était chez lui et Sylvie sursaute. Putain, t'es con, merde, s'écrie-t-elle. Je te croyais parti depuis longtemps. T'as dormi où ? Pascal avoue qu'il s'est assoupi dans le jardin. La tête de Sylvie quand il le lui dit le fait rire. Il montre les croissants et le pain qu'il a achetés. Oh il fallait pas, t'es un amour, merci.

Pascal aime les bons petits-déjeuners le dimanche matin. Il ne petit-déjeune jamais les autres jours à cause des horaires de l'usine, trop contraignants. Quand c'est trop tôt, il préfère sacrifier la nourriture au profit de quelques minutes de sommeil en plus, et, quand c'est trop tard, il se réveille pour l'heure du midi, épuisé. Alors le dimanche, il aime se faire un vrai petit-déjeuner, avec du pain, des croissants, de la confiture, du café, du jus d'orange, un vrai truc, en regardant la télé.

Après avoir mangé avec Sylvie devant les dessins animés dont elle raffole, il lui dit au revoir, l'embrasse sur la joue et sort, bien décidé à aller chez Brandon, qui habite chez son père, Gérard. Il descend par les petits escaliers qui dévalent la colline vers le centre-ville de Monthermé. Pascal aime beaucoup Monthermé qui, contrairement à Bogny, a compris qu'il y avait un peu de pognon à se faire en matière de tourisme. Si les Ardennes ne sont pas réputées pour leurs plages, leur soleil ou la hauteur de leurs monts, elles sont réputées pour leurs forêts et comptent des chemins de randonnée parmi les plus beaux de France. Pour les marcheurs, c'est un cadre idéal, silencieux, loin de tout. Monthermé a tout misé sur ces touristes, qui séjournent nombreux aux Boucles et au France. La voie verte, le chemin de halage, a été construite à leur intention, pour profiter de la tranquillité de la Meuse, et on a aussi vu la mise en place d'un système de rosalies, ces espèces de voiturettes de golf à pédales. Monthermé a des campings aussi, où viennent souvent les Flamands et les Néerlandais, l'été. Et puis Monthermé fait très petit village de France, il y a un centre-ville bien précis avec tout à portée de main, l'hyper, la pharmacie, la boulangerie, le boucher, la presse et les cafés. Pascal déambule parmi les petites maisons en brique et se dirige vers le pont. Dans ses souvenirs, Gérard et Brandon habitaient par là, sur la rive intérieure de la boucle, dans une maison entourée de débarras en tôle, dont Pascal se demandait toujours ce qu'ils pouvaient bien y faire. Il traverse le pont et, en passant devant l'hôtel des Boucles, salue d'un grand geste Laurent qui sert des cafés sur sa terrasse. Laurent lui renvoie un salut que Pascal devine plein de tristesse et de pitié. Pascal prend à droite et longe le petit hôtel de ville. La maison est plus loin, c'est l'une des dernières de la ville, il l'atteint rapidement. La bâtisse est ancienne, Pascal semble se rappeler que c'était un héritage. Elle serait très jolie si elle n'était pas entourée de toutes ces petites constructions de tôle qui ne veulent rien dire. Et puis il y a les clébards, les putains de clebs, ce fléau sans nom que sont les chiens. Pascal ne peut pas les supporter. Les chiens ne servent qu'à empester et à hurler à la mort. Gérard et Brandon en ont quatre – pas de jolis labradors tout dorés et enclins aux caresses, non, d'autres de la pire race, des bêtes hargneuses. Pascal les aurait fait piquer sans autre forme de procès. Combien de fois avait-il pensé à glisser de la mort au rat dans la gamelle du chien de l'autre côté de la Meuse qui gueule toute la nuit ? Avec l'écho de la vallée, impossible de fermer l'œil.

Pascal se sent tout de suite attaqué et se dit qu'il serait mieux chez lui. Les quatre cabots lui hurlent dessus à peine le pas du portail (grand ouvert) franchi. Il s'arrête. Les chiens sont tenus par des chaînes, donc s'il n'avance pas plus, ils ne peuvent pas l'atteindre. Il reste là quelques instants, dubitatif, les bras ballants. Finalement, un puissant sifflement est émis depuis l'intérieur de la maison et les quatre chiens y répondent immédiatement, jappant jovialement vers la source du bruit. Pascal voit émerger Brandon de la porte principale, vêtu d'un débardeur gris échancré, de grosses chaussures Nike et d'un boxer rose. Il a vingt-deux ans. Il sort et va caresser les chiens en s'agenouillant, les embrassant presque à pleine bouche, invitant Pascal, d'un signe de tête, à rentrer pendant que les bêtes regardent ailleurs. L'intérieur a exactement l'odeur qu'il s'imagine d'une maison de deux mecs qui vivent entre eux, un mélange de chaussettes sales et de désodorisant musqué, probablement utilisé sur lesdites chaussettes pour en masquer le bouquet. Il se ravise néanmoins car lui-même vivait seul avec son fils et jamais sa maison n'a senti autant. Ce n'est pas vraiment que ça pue, c'est juste qu'il faut s'y habituer un peu, comme quand tu rentres dans un vestiaire pour mecs, et là Pascal se rappelle que c'est justement la même odeur que dans les vestiaires de l'usine. Brandon ferme la porte derrière lui, on n'entend plus les chiens et c'est un soulagement parce que le bruit des clebs dès le matin un dimanche, autant crever tout de suite. Pascal analyse Brandon de la tête aux pieds. Il sait bien que c'est un sale petit enculé mais il fait partie de cette catégorie d'enculés qui à toi ne t'ont rien fait, qui sont même plutôt aimables, voire qui t'ont un peu à la bonne et donc à qui, d'un point de vue strictement personnel, tu n'as rien à reprocher. Brandon a ce qu'on appelle une gueule. D'abord, il est très blond, mais genre *très* blond, presque blanc. Et ensuite, ce qui surprend chez lui, c'est cette tête bouffie, en parfait contraste avec son corps développé, musclé, glabre. Le désœuvrement a ça de bon qu'il te laisse le temps de peaufiner la silhouette, se dit Pascal. Brandon l'invite à le suivre vers le salon. Il enlève ses chaussures en restant debout, les tient l'une et l'autre au bout de ses orteils nus pour les faire s'envoler jusqu'au milieu du foutoir à chaussures dans un renfoncement du couloir. Il dit à Pascal va te faire un café dans la cuisine si tu veux, je vais prendre une douche, je reviens. Sur ce, il enlève son débardeur et se dirige vers la salle de bains. Alors que Brandon monte l'escalier, Pascal détaille son corps et se demande si Louis l'avait un jour désiré. Malgré la difficulté qu'a

Pascal à se mettre dans cette optique, il conclut que, très probablement, Louis n'aurait pas dit non. Pascal s'en va vers la cuisine, ouverte sur le salon. Tout est en bordel, mais pas en bordel sale, en joyeux bordel, ce qui est différent. Plein de trucs traînent partout, et, même si décidément Pascal a du mal à se faire à l'odeur, ça se voit que la maison, au fond, n'est pas *sale*. La vaisselle d'hier est encore dans l'évier, mais celle d'avant-hier a été lavée, il doit y avoir une journée de décalage horaire entre la cuisine et le reste du monde.

Pascal prend la petite cafetière blanche, esquive deux trois verres et trouve un bon angle pour verser de l'eau dans la machine sans rien déranger de l'édifice bancal fait d'assiettes et de couverts. Puis il se laisse bercer par le bruit de la vapeur et du filet de café qui tombe. En fait, ce qui traîne le plus, ce sont les vêtements. Pascal se dit qu'ils doivent vivre à poil, on peut carrément suivre le chemin qu'ils font en se dessapant jusqu'au canapé grâce aux habits qui restent par terre. Il cherche une tasse dans différents placards, en sort deux et s'en sert une pour lui, ne sachant pas trop si ses hôtes aiment le café. Puis il va s'asseoir sur le canapé disposé devant une immense télévision – Pascal, en tout cas, n'en a jamais vu d'aussi grande. Sur le meuble trônent négligemment une panoplie de consoles de jeux ainsi que, sur l'étagère du bas, plusieurs rouleaux de Sopalin. La table basse est habillée d'un cendrier plein, de plusieurs paquets de clopes ouverts, d'un couteau et du vestige de ce qui avait dû être un saucisson pas plus tard qu'hier, avec deux verres et une bouteille de whisky presque vide.

Il fait bon à l'intérieur, la maison doit être bien isolée. Il faut dire qu'une maison en meulière comme celle-là a dû connaître des hivers à faire pâlir un réchauffement climatique. Le café aide aussi. Brandon descend les escaliers en s'essuyant les cheveux sur une petite serviette verte avant de la jeter par terre dans le couloir. Il porte un short de sport rouge et un marcel blanc qui ne cache rien de son buste impressionnant. Il se vautre dans le canapé à côté de Pascal, il a l'air fatigué. Il dit désolé pour ma gueule, avec papa on se l'est mise hier soir, je peux te dire que la fine équipe, à la fin, ne filait plus très droit. Son rire est gras. Les chiens m'ont réveillé, je savais pas que tu venais, papa m'avait rien dit. Pascal fait non non, c'était pas prévu je passais juste à l'improviste. Ah ben d'accord, je comprends mieux. Alors, qu'est-ce qui t'amène ? Pascal n'a pas vraiment envie de faire la petite discussion, surtout avec quelqu'un comme Brandon, autant parler à une chèvre, alors il préfère être direct. En fait je voulais parler de Louis. Le sourire de Brandon se crispe un peu. Il déglutit avec difficulté. Ah, soupire-t-il avant de boire une gorgée de café. Je ne le connaissais pas beaucoup, mais si tu veux.

Pascal n'est pas sûr d'y croire. Comme plus d'un jeune sur dix dans les Ardennes, Brandon est au chômage. Pourtant, c'est un gamin solide, pas incapable. C'est juste qu'il n'a aucune intention de trimer. Brandon sait qu'au vu de la situation dans laquelle il est, c'est la seule façon de s'en sortir honnêtement, mais il ne l'envisage pas une seconde. Brandon n'est pas fait pour être pauvre ; bien au contraire, il est fait pour une richesse excessive, vulgaire, tape-à-l'œil, provocante. Il a cru, à un moment, qu'il allait l'atteindre, cette richesse, quand sa copine Cynthia, sa vraie copine – pour une fois, il l'aimait vraiment – avait été retenue au casting d'une émission de téléréalité du câble. Il l'avait regardée tous les jours à l'écran, religieusement, la couvant des yeux, pris de fierté, répétant à qui voulait l'entendre qu'il était *son homme*. Du moins, jusqu'à ce qu'il la voie tomber amoureuse d'un autre. Un pauvre type, Anthony ou Nicolas, avec son prénom écrit bizarrement genre Hantoni ou Nikola, un petit barbu, une petite feignasse. Brandon en était devenu dingue. Cynthia n'avait répondu à aucun de ses messages et n'était pas revenue dans la région depuis. Elle participait maintenant à une suite d'émissions toutes plus connes les unes que les autres et allait à travers le monde, selon que la production l'envoyait à

Cancún, Miami, Bali, Sydney. Toujours loin et toujours au soleil. Brandon ne pouvait s'empêcher de la regarder, constamment en maillot de bain à ne rien foutre, se dorant le cul sur le bord de la piscine, et tentait de retrouver une contenance face au désarroi qui s'emparait de lui en se rappelant comment il l'avait sautée dans toutes les positions possibles, comment elle hurlait de jouissance à faire trembler les murs, et il se disait au moins, c'est pas ce Nikola qui osera lui faire l'amour dans un bois contre un tronc. Il avait passé du temps à ruminer devant sa télé à heure fixe, lui restant ici, c'est-à-dire nulle part, et elle toujours plus loin, lui échappant chaque jour un peu plus.

Brandon n'a jamais été violent, mais pour elle il a aperçu le gouffre de ce qu'il aurait pu devenir. Il s'est senti plus impulsif, moins contrôlé, beaucoup plus susceptible aussi. La situation faisait rire dans la région, tout le monde savait qui était Cynthia. Ses parents habitaient à Joigny, et tout le monde savait qui il était, lui, Brandon, que Cynthia avait oublié. Il était devenu la risée de tous. Humilié en direct. Heureusement que son père avait été là à l'époque. Il avait pu l'empêcher de faire les mêmes erreurs que lui.

Gérard a eu ce qu'il appelle sa constellation d'emmerdes. Cette expression l'avait fait sursauter quand il l'avait entendue à la radio, dans une émission de France Musique que Stéphanie, son ex-femme, écoutait à l'époque le vendredi soir. Un des mecs avait dit, vous savez, ça, ce n'est qu'un élément d'une constellation d'emmerdes et Gérard, qui n'écoutait pourtant que d'une oreille très distraite, avait tiqué sur la phrase et se l'était appropriée.

Gérard est conducteur de grue. Pascal, quand il lui avait dit ça un jour (je suis conducteur de grue), avait répondu tiens, ça se conduit une grue ? J'ai toujours pensé que ça se pilotait. Et Gérard de répondre : ben je suis pilote de grue si tu préfères. Ils s'étaient regardés deux secondes en silence, l'air de se dire il se fout de ma gueule celui-là, et finalement ils étaient partis dans un fou rire qui n'avait connu d'extinction que dans de grandes douleurs abdominales. Ils se le répétaient souvent. Ils l'avaient aussi faite à Sylvie Latuile. Attends, tu conduis un taxi ? J'ai toujours pensé que ça se pilotait, moi, un taxi ; et eux de repartir dans un rire gras sous le regard pantois d'une Sylvie ébahie.

Un vendredi soir, alors qu'il est sur un chantier, Gérard apprend qu'au vu du travail de la journée déjà accompli et de la date butoir encore lointaine, il peut prendre sa fin d'après-midi et rentrer chez lui plus tôt. Gérard savait que Stéphanie, qui tenait la droguerie de Monthermé, laissait la boutique le vendredi après-midi à sa jeune apprentie – elle pensait qu'il fallait bien qu'elle apprenne à gérer toute seule, la grosse, sinon elle n'arriverait jamais à rien. La vérité, c'est que Stéphanie, qui s'éreintait à faire tourner son commerce, avait sauté sur l'occasion de profiter d'un après-midi de libre et sans Brandon dans les pattes puisqu'il finissait le collège à dix-huit heures le vendredi. Gérard avait roulé vite, le chantier était à Sedan, mais la route était vite passée. Il s'imaginait dans quelles positions il allait faire l'amour à sa femme, il allait la surprendre et elle serait en nuisette devant la télé, il faisait des suppositions, par rapport à où elle se trouverait dans la maison quand il rentrerait, sur le lieu et la manière dont il allait se fondre en elle, lui qui n'avait, depuis le temps, jamais perdu son désir pour sa femme. Si elle était dans la buanderie, il la sauterait sur la machine à laver, les jambes écartées, il jouerait avec son clitoris dont il était fou, il aimait bien cette traînée de poils qui parsemait le pubis de sa femme, elle crierait à gorge déployée le plaisir qu'il lui procurerait. Si elle était sous la douche, ils partageraient la nouvelle cabine achetée récemment et qu'il fallait baptiser, elle s'appuierait à la vitre et il verrait, dans le miroir d'en face, le visage conquis de son amante ; il lui glisserait ses doigts dans sa bouche, il apprécierait la cambrure de son dos offert. À moins qu'elle ne soit en train de ranger la cave. C'était sa manie : ranger la cave. Parfois, Brandon venait le voir et lui disait je crois que maman s'ennuie, ce matin je l'ai entendu trier les sacs plastique de la cave, il était huit heures.

Ils en riaient tous les deux. Si elle était dans la cave, alors dans ce cas il la retournerait et la plaquerait au sol contre le carrelage froid, et il se regarderait la pénétrer, lubrique, centimètre par centimètre, ils gémiraient à l'unisson, son corps épais plaqué contre celui de sa femme, Gérard en frémissait d'avance, d'ailleurs dans la voiture il bandait déjà. Il s'était garé, il était sorti en courant, sautillant d'impatience tel un adolescent qui ne s'est pas branlé depuis longtemps et qui va retrouver sa copine en cachette. Il avait discrètement ouvert la porte d'entrée, qu'il avait refermée sans bruit, et avait cherché Stéphanie. Elle n'était pas au rez-de-chaussée, alors il s'était rendu à l'étage.

Il s'était mis à entendre ce son, à mesure qu'il montait les marches, ce son qu'elle avait quand ils faisaient l'amour, celui de sa respiration aiguë, un souffle nébuleux qui lui faisait des choses, putain, quand il l'entendait respirer comme ça, pendant que lui s'acharnait comme un buffle à la faire jouir (ce qu'il aimait faire c'était malaxer son clitoris pendant qu'il la transcendait longuement, faisant onduler ses hanches), quand il l'entendait respirer comme ça il était un roi, ses mains parcouraient la finesse de sa taille et la rondeur de ses seins, son regard brûlait, quand il l'entendait respirer comme ça il était fier, d'une fierté de gosse, pure, d'avoir épousé cette femme qui était la sienne et qui le rendait fou. Il avait continué à avancer, pas à pas, le son se faisant de plus en plus proche. La porte de leur chambre était entrouverte. Ses maigres tentatives de se rassurer en se disant non, peut-être qu'elle se masturbe juste, il ne connaissait rien à la masturbation féminine, il pensait que peut-être c'est le bruit qu'elles font toutes, avaient été brisées. Sa femme, nue et belle comme le jour, ses courts cheveux châtains et bouclés, assise sur le jeune apprenti du boucher, Jordan ou Mickaël, à moins que ce ne soit Dylan, il ne se souvenait pas, ce petit con qui pénétrait sa femme comme un lapin, qui la regardait avec intensité et elle qui lui rendait son regard, ils se respiraient dans la bouche, leurs lèvres ne se touchaient pas mais leurs souffles étaient mêlés. Ses grandes mains fines, au petit enculé, osaient parcourir le corps de sa femme à lui, avant de lui enfoncer une phalange dans l'anus. Gérard était devenu dingue de désespoir.

Il s'était étonné lui-même : il voulait hurler, il sentait la haine vivifier chacun de ses membres, il aurait voulu entrer dans la chambre et les tuer tous les deux, d'un même coup, traîner le petit connard de boucher par les cheveux sur le goudron et le noyer dans la Meuse, mais à ce moment-là il avait compris que la vraie violence, dans ce genre de situation, la violence, qui détruit tout, n'est pas vraiment du domaine des coups et des cris, elle est affaire de surprise. Abattu de chagrin, il avait tourné les talons, avec toujours dans les oreilles le bruit de sa femme jouissant d'un autre. Tout ça pour ça, il avait pensé, tout ça pour en arriver là, des années de compromis, de sacrifices, de travail acharné pour la rendre heureuse, pour élever leur gosse, les heures passées à se marrer ensemble, tous les coups durs encaissés, les moments de la vie qui te foutent une gifle bruyante, toutes les vacances, tous ces soirs où il rentrait à la maison, avide d'elle et de son visage, car quand elle était là il se sentait chez lui, toutes ces petites choses pour mener à cette vérité, à cette douleur. Sa femme se tape un autre mec derrière son dos, lui qui avait toujours ignoré les autres femmes, des années et des années qu'il couchait avec elle seulement, parce que c'était elle et puis c'est tout, comme un caprice, c'est ça que je veux et pas autre chose. Il aurait pu, pourtant, en sauter d'autres. Il séduisait encore. S'il avait voulu en fourrer une qui ne demandait que ça, il aurait pu, mais jamais il n'avait franchi le pas, il s'était toujours tenu à quelque chose de l'ordre de la morale, on ne trompe pas sa femme, un point c'est tout. Il était sorti de la maison aussi discrètement qu'il y était rentré, il avait pris la voiture et avait conduit sans jamais s'arrêter, il était allé jusqu'en Belgique, suivant la Semoy, il s'était enfoncé dans la forêt des Ardennes belges, tournant en rond, et il était rentré, très tard, à la nuit tombée. Il avait mis son mode avion en Belgique, car il savait que pour le moindre appel reçu, Bouygues allait le facturer sans ménagement – une fois mais pas deux. Passé la frontière, des dizaines d'appels de sa femme, des messages, tu ne rentres pas, tu es où, je t'attends, je m'inquiète, tu ne donnes pas de nouvelles.

Il avait fini par garer sa voiture à nouveau dans l'allée. Brandon était déjà dans sa chambre à cette heure, il se branlait sûrement, il croyait être discret mais on pouvait distinguer parfois les gémissements des actrices qu'il aimait regarder. À peine le pas de la porte franchi, Stéphanie lui avait sauté dessus : dis donc je m'inquiétais, moi. Elle avait essayé de l'embrasser mais il avait détourné la tête et avait repoussé ses épaules qui cherchaient un contact. Il se rendait compte qu'elle avait reproduit sur d'autres tous ces gestes qui faisaient qu'il l'aimait tant. Ce qu'il pensait lui être réservé était en réalité offert à n'importe qui, comme ce gringalet de boucher. Il avait continué à avancer en lui bousculant l'épaule, genre t'es dans mon chemin dégage. Elle avait cuisiné quelque chose, tout était prêt sur la table, pourtant il avait tenu à se faire à manger lui-même malgré ses capacités culinaires limitées. Pas moyen de bouffer un truc qu'elle a touché. Stéphanie le regardait bizarrement, elle essayait de comprendre ce qui se passait ; quand elle l'avait vu commencer à s'affairer pour se cuire des pâtes, celles entortillées qu'il aimait et dont il était persuadé que la forme affectait le goût, elle avait dit attends poussin je t'ai tout mis sur la table, j'ai fait des haricots. Elle n'eut pour seule réponse que le silence. On entendait dehors le vent souffler. Il avait mangé sous son regard soucieux. Son esprit était blanc, ses gestes machinaux. Il avait lavé sa vaisselle, ce qu'il ne faisait jamais. Stéphanie, inquiétée par ce comportement anormal, le suivait partout comme un petit chien. Il s'était douché, il avait transpiré de tristesse et se sentait dégueulasse, sali. Il était resté longtemps sous le jet froid, il avait besoin de prendre conscience de son corps. Pas de buée sur le miroir. Il était sorti de la salle de bains, la serviette autour de la taille, Stéphanie l'attendait devant la porte, elle posait des questions, qu'est-ce qui se passe, Gérard ? De plus en plus agacée par le silence de celui qu'elle avait toujours connu bruyant et imposant. Elle sentait pourtant la nuance. Ce n'était pas un silence calme, mais un silence amer, plein de reproches. Elle avait choisi la provocation, elle avait tiré sur la serviette, il était nu dorénavant, et elle s'était mise à quatre pattes, avait commencé à le sucer, il ne ressentait plus rien. Il ne bandait même pas un petit peu. Il avait perdu tout le désir qu'il avait pour elle. Il fuyait son regard, avait repoussé son visage histoire de dire bon c'est fini maintenant, il était allé dans la chambre. Gérard et Stéphanie avaient toujours dormi avec deux couettes séparées parce qu'ils adoraient s'enrouler tous les deux dans la leur et, une fois passés les premiers temps où on reste amoureusement la nuit dans les bras de l'autre avec au réveil l'impression d'être totalement désarticulé, ils s'étaient vite battus pour la couverture, avant de décréter qu'une chacun, c'était la solution. Gérard avait pris sa couette et était redescendu s'installer, hagard, dans le canapé du salon.

Stéphanie avait crié une fois en bas, putain Gérard réponds-moi, et il était resté cloué au canapé, sous la couette, le visage impassible et blanc. Pas un mot. Le lendemain matin, elle était partie au travail tôt, puisque la droguerie ouvrait à huit heures. Gérard avait appelé son chef de chantier et avait dit je ne viendrai pas, problème familial, tu comprends, machin peut me remplacer, voilà, je t'expliquerai demain, désolé. Il avait pris ses deux grosses valises d'il y a vingt ans, dans lesquelles il avait apporté tout ce qu'il avait quand ils avaient emménagé ensemble dans cette maison. Il y avait fourré tous ses vêtements, vidant son côté de l'armoire, sa couette, sa serviette, sa brosse à dents. La bague de fiançailles qu'il lui avait offerte, qu'il tenait de sa mère. Il avait passé le seuil de la maison pour ne plus jamais y revenir. Il était parti.

Une vie de famille foutue en l'air, comme ça. Stéphanie avait hurlé à la mort quand elle avait découvert qu'il était parti – Brandon le lui a assuré. Et puis ce dernier, écartelé entre sa mère et son père, avait quand même décidé d'aller vivre chez son père, dans la nouvelle maison au bout de

Monthermé, avec les chiens. Il n'avait jamais été particulièrement brillant mais le divorce l'avait tellement déstabilisé qu'il s'était déscolarisé à l'âge de seize ans. Un gosse sans diplôme ni qualification.

Brandon est gêné, ça se voit, quand il parle de Louis, parce que pour en parler il faut qu'il évoque son affaire à lui, qui n'est pas glorieuse. Brandon revend du mauvais shit, mais c'est quand même ce qu'on trouve de mieux dans la région. Il avait établi son petit business chez lui, dans une des cabanes de tôle gardées par les chiens. Il n'emmerdait personne, les gens l'appelaient et il venait livrer, il se faisait une thune monstre, c'était aussi simple que ça. Les fournisseurs étaient à Charleville, ils faisaient régulièrement des *go-fasts*, à savoir des allers-retours rapides jusqu'aux Pays-Bas où ils achetaient ce qu'il leur fallait et disséminaient la marchandise à leurs dealers sur place, qui se chargeaient de livrer le tout à qui en voudrait, et le prix c'était 50/50. Brandon touchait la moitié de ce qu'il pouvait vendre. Brandon était loin d'être un cerveau dans cette affaire, et Gérard avait vite compris ce à quoi son fils s'adonnait, mais une fois qu'il avait vu l'argent, dont Brandon n'était pas avare avec lui, il avait simplement dit tu fais ce que tu veux, moi si on me questionne je ne sais rien. Ensemble, ils regardaient *Game of Thrones*. Gérard avait dit je suis comme Jon Snow, je ne sais rien.

Ils en riaient. D'autant plus que Gérard se faisait vieux, il n'allait plus conduire (enfin, piloter) sa grue comme au premier jour, et la retraite allait être dérisoire. Alors, même s'il était conscient que ce que Brandon faisait n'était pas très sérieux, il fallait bien se rendre à l'évidence : le frigo était plein, et de bonnes choses. Le vin coulait à flots. Il n'avait plus à s'inquiéter de rien.

Brandon dit tu sais, Pascal, le pognon est plus important que ta vie. Si tu as le pognon, dans la vie, tu as réussi quelque chose. Ils disent tous que l'argent ne fait pas le bonheur – c'est des conneries. C'est fait pour que les pauvres gens se rassurent, pour se convaincre que si on n'a pas une thune et qu'on n'est pas très heureux, ceux qui en ont plein ne sont pas forcément heureux non plus, donc que ça revient au même. Mensonges. Louis l'avait bien compris, Pascal. Quand il est venu me voir il y a quelques mois, je lui ai dit t'es mignon mais t'es pas fait pour ça, ça se voit direct avec ta petite chemise, casse-toi de là et retourne d'où t'es venu. J'ai pensé qu'il allait déguerpir, il avait l'air un peu farouche, mais je me trompais, il m'a dit *blouille* direct. Il avait ce sourire un peu je sais tout j'ai pensé à tout, tu vois, si, tu dois bien voir, c'était ton fils quand même. Bref il m'a dit justement, Brandon, personne ne m'imagine faire ça, donc je suis le mec qu'il te faut ! Impossible que je me fasse prendre. Il n'avait pas tort. Il faisait du très très bon boulot. Qu'est-ce qu'il mentait bien ! Une fois, on était tous les deux. Un flic de Bogny débarque. Il nous arrête. Louis et moi on marchait vite, je lui expliquais deux ou trois trucs sur ce qu'il fallait faire, il avait deux kilos de came dans son sac à dos, bien tassés au fond, et le bleu a demandé qu'est-ce que vous foutez ensemble, tous les deux ? Il regardait Louis comme un enfant qui a fait une bêtise. Il lui a demandé : Louis, j'espère que tu te laisses pas encanailler par ce voyou ? Louis et moi on a failli se foutre de lui parce que, sérieux, encanailler, qui utilise encore ce mot ? Et puis, soit dit en passant, c'était exactement ce qui était en train de se passer. Figure-toi que Louis nous a sorti un mensonge incroyable, il lui a sorti que je me réorientais dans la pâtisserie et que je préparais un concours et qu'il m'aidait à réapprendre des bases de grammaire, enfin ça n'avait rien à voir, ce fou a même sorti un livre de son sac, genre il a carrément ouvert grand son sac alors qu'il y avait deux kilos de beuh cachés en dessous. Fou furieux, le mec. Évidemment, le poulet n'y a vu que du feu. Il était quand même surpris d'apprendre que Louis me donnait des cours, il m'a tapé dans le dos en disant continue comme ça mon garçon, ton père sera fier de toi. Il est monté dans sa caisse et il est parti. C'est fou comme on aurait donné le bon Dieu à Louis sans confession. Dans tous les cas, ce devait être un peu nerveux mais j'ai jamais autant ri de ma vie. La pâtisserie, quoi, il fallait oser la sortir celle-là, c'était tellement ridicule que l'autre y a cru.

Après ça, j'avais Louis à la bonne. Il vendait beaucoup, surtout dans son lycée de bourgeasses qui se feront jamais punir pour rien. Comme en plus il connaissait un peu tout le monde, c'était pas suspect, tu vois, que Louis aille chez ces gens de Charleville, parce qu'il faisait partie de ce milieu-là aussi, hein, on va pas se mentir. On partageait l'argent une fois qu'il avait tout écoulé. On s'est mis à se voir souvent. Certains de mes potes pensaient même que je me le tapais, mais bon je t'avoue Pascal que je ne suis pas trop d'accord avec ces pratiques, et d'ailleurs Louis n'a jamais rien fait pour aller dans ce sens, je crois qu'il savait qu'il se prendrait une torgnole s'il me touchait. C'était intéressant de parler avec lui, Pascal, il savait vanner et il était intelligent. Un jour il m'a demandé pourquoi je cherchais à me faire autant de pognon. C'est pas un secret que j'aime bien être riche, mais je savais pas quoi répondre. Et là il me dit les gens racontent toujours que l'argent ne fait pas le bonheur, et ils ont raison, parce que l'argent ne fait pas le bonheur : il fait la liberté. Quand t'es blindé d'oseille, mec, t'es le plus libre des hommes. Après, la liberté ne rend pas forcément heureux, mais ça y contribue. Il me dit regarde tous ces gens autour de nous, quelle liberté ils ont ? Ils restent ici comme des cons parce qu'ils sont nés là et parce que finalement pourquoi aller s'emmerder ailleurs ? On n'a déjà pas assez d'argent pour vivre dans la région, alors pourquoi galérer autre part ?

J'étais d'accord et je voyais bien le truc, mais je lui ai dit : tu cherches quoi ? T'es pas obligé d'être ici avec moi. T'as des bonnes notes, tu vas t'en sortir. Il m'a soufflé qu'il n'avait plus envie d'attendre. Qu'il en avait marre d'être au milieu de ceux qui sont pleins de thunes, qui voyagent, alors que lui ne pouvait pas partir en vacances, même pas s'acheter des livres. Tout l'agressait : leurs vêtements, leurs peaux, leurs airs. Je crois qu'il a dépensé la moitié de ce qu'il avait gagné en livres. Il m'a dit vouloir garder l'autre moitié pour après, pour quand il ne serait plus là, pour sa vie à Lille. Il ne voulait pas que tu te fasses chier, Pascal, à te serrer la ceinture pour lui alors que t'as déjà du mal à la boucler. Il avait préparé son mensonge. Il allait te dire qu'il avait postulé pour des bourses et qu'il les avait eues.

Il en avait marre de devoir toujours être le meilleur en tout. Il voyait bien que ceux autour de lui avaient beau être mauvais, on les repêchait toujours, parce que papa est notaire ou que maman est prof et qu'un fils de notaire ça ne finit pas à l'usine ; on lui paie une école privée hors de prix qui ne demande que d'avoir l'argent sur le CV, on te forme un gros connard de droite en mocassins à glands et le gosse s'en sortira, comme d'habitude.

Tandis que si Louis baissait les bras, s'il se relâchait un peu, on aurait dit c'est normal, il est pas fait pour ça. Moi je suis pas fait pour ça, c'est clair et net, quoique quand j'étais au collège j'aurais pu me débrouiller. Mais Louis c'était carrément son truc. Il voulait s'assurer de pouvoir partir après le lycée, d'avoir accès à autre chose.

Louis était franc. Il voulait gagner beaucoup et vite. Sauf qu'un jour, plus de nouvelles. On s'envoyait des messages souvent, presque tous les jours, et soudain plus rien pendant une semaine. Il ne répondait plus. Je ne comprenais pas. Il avait des livraisons à redistribuer et de l'argent à me rendre et à partager. Je l'appelais, mais pas de réponse. Du coup je me suis dit que j'allais le trouver et lui demander ce qu'il se passait, j'étais sûr que quelque chose n'allait pas, je ne pouvais pas croire qu'il essayait de me la mettre à l'envers, c'était tellement pas son genre – mais je me disais aussi que redistribuer mon shit, à l'origine, c'était pas son genre non plus. Je savais qu'il allait souvent chez Sylvie Latuile. Mon pote Steve habite juste en face et il ne travaille pas. Il a promis de me tenir au courant s'il voyait Louis arriver. Le lendemain, il l'a vu. J'ai foncé chez Sylvie et j'ai sonné à la porte. Louis n'avait même pas l'air surpris de me voir. J'ai fait un peu le bonhomme pour qu'il comprenne que j'étais pas content, je me sentais comme un prof qui allait gronder son élève. Je lui ai demandé putain qu'est-ce que tu fous, pourquoi tu réponds pas à mes messages ? Il bafouillait, il avait chaud. Il m'a dit Brandon, j'ai grave merdé, je sais pas comment te le dire. Il me faisait peur, je le secouais un peu pour qu'il accouche.

Tu vois les travaux dans ta rue à cause de l'égout qui fuyait ? Figure-toi que Louis ne me l'avait jamais dit, mais il cachait la beuh et le fric sous la bouche d'égout. Il y avait un renfoncement sec et discret, impossible de le trouver. Ça a marché pendant des mois, personne n'allait fouiller là. Sauf que ça s'est mis à fuir. En l'ouvrant pendant que Louis était en cours, un agent de la voirie a dû trouver l'argent et le prendre sans demander son reste. Presque quinze mille euros dans un sac plastique. Tout ce qu'il avait économisé pour l'année d'après. Et avec ça, le hic, c'est qu'il y avait aussi toute sa dernière vente de beuh. Il ne lui restait plus rien – heureusement, d'ailleurs, sinon quelqu'un aurait peut-être appelé la police et les flics auraient flairé le rapprochement entre nous deux. C'était un gros problème parce qu'il me mettait dans la merde. Je devais rendre l'argent aux mecs de Charleville, et il vaut mieux ne pas trop rigoler avec eux. Pour n'importe qui d'autre je serais rentré dans une colère noire, j'aurais frappé, j'aurais voulu faire du mal ; mais Louis avait quelque chose d'autre ; je n'ai même pas voulu l'intimider. Il était trop sincère. Il m'a juré de tout me rembourser, qu'il allait trouver un moyen. Je voyais qu'il avait envie de pleurer. Je me mettais à sa place. Attends, presque dix briques, envolées. Il m'a juré sur ta vie (je crois que la vie de sa mère n'avait plus trop de valeur) qu'il allait me rembourser.

Dix jours après, il avait tout rendu. Il a refusé de me dire comment il s'y était pris. Le seul truc qu'il a dit, c'est qu'il avait fait appel à un de ses potes, Josselin, je crois qu'il s'appelle comme ça. Il n'a rien dit de plus. Je t'avoue que ça m'allait bien : il avait tout rendu, même les centimes, c'était un peu tendu avec les gars de Charleville niveau timing parce que j'avais du retard mais c'était décembre alors avec les fêtes, tout ça, c'est passé. Après, Louis a refusé de recommencer. Il a dit qu'il arrêtait. Trop de stress, trop de peur pour rien. Il a cessé de me parler.

Pascal a fini son café. Brandon a les jambes très écartées sur le canapé. Il n'a pas bougé depuis qu'il a commencé à parler, sauf pour cette manie qu'il a de remonter un peu son T-shirt pour vérifier de ses doigts que ses abdominaux sont toujours là. Son regard n'a pas quitté le mur qui lui fait face. Pascal repense à la façon dont Brandon avait commencé à lui parler de Louis : en disant qu'il ne le connaissait pas vraiment. Narquoisement, comme pour se faire du mal, Pascal se dit que Brandon le connaissait mieux que lui. Il aurait voulu que Louis soit venu vers lui pour qu'ils règlent ça ensemble.

Pascal pose sa tasse sur la table, se lève, fait les cent pas. Brandon sort son téléphone, y cherche quelque chose et finalement montre à Pascal une série de photos de Louis qu'il a prises tout seul. Il lève le pouce pour dire quand il a tout vendu. Il y en a une trentaine. Pascal regarde le téléphone par-dessus l'épaule de Brandon. Louis, sur les photos, sourit, fait des grimaces, pétille, se met dans une position faussement acrobatique, dans la forêt, sur la place Ducale, au lycée, chez lui, près de la Meuse, à Roc-la-Tour, posé au milieu des roches avec sa bouteille de Coca, la tête sous un bonnet, ou même dans leur jardin, à même le sol, dans son lit, enfin un peu partout. Pascal devine le sourire de Brandon en revoyant ces images. Il faisait ça avec une telle joie qu'on en oubliait presque le côté illégal de la chose. Il dealait tellement naturellement, rien ne changeait dans son comportement, il se cachait en étant exposé, personne ne s'était douté de rien. Brandon avait compris son malheur quand il avait dû retourner à ses livraisons tout seul. Ce petit contrat avec Louis l'arrangeait bien : il ne foutait plus rien de ses journées, faisait la grasse matinée. Il gagnait de l'argent et regardait Cynthia jusqu'à outrance se faire draguer par d'autres. Il avait la possibilité de se rendre fou dans son coin sans qu'on l'emmerde ; la partie chiante du travail assurée par un autre plus doué que lui et avec qui il s'entendait bien.

Pascal regarde par la fenêtre. Il a besoin d'être dehors. D'ailleurs, il est déjà quinze heures et il n'a toujours pas sa voiture. Mieux vaut rentrer avant qu'il fasse nuit, conclut-il. L'heure d'été n'est pas bien loin, Pascal n'attend que ça. Pascal a horreur du noir. Peur du noir mais pas peur de crever.

Il repense soudain à Louis à La Racine, au bord de la Semoy, pendant les parties de pêche, qui regardait le vide. À quoi pouvait-il bien penser alors ? Quand il le voyait s'affairer à son bureau, avant d'aller dormir, qu'il avait l'air de compter, de se prendre la tête… Pascal ne voulait pas le déranger. Il aurait dû lui demander. Montrer que ça lui importait. Qu'il était là. Pascal constate l'étendue de son échec.

Il aimerait se cogner la tête contre un mur ou contre une fenêtre, mais il se retient. Il a peur d'être ridicule. Il n'a pas le sens de la théâtralité.

Il dit à Brandon qu'il est temps pour lui de rentrer. Brandon se lève, lui serre la main avec poigne. Rentre bien. Pascal passe le seuil, marche un peu et, avant que Brandon n'ait complètement fermé la porte, il le rappelle. Brandon ! L'autre rouvre un peu la porte. Pourquoi Gérard n'est pas venu me dire bonjour ? (Il vient d'y penser.) Brandon rit. Il a la gastro, il est cloué au lit et aux chiottes. Pascal voit mieux, continue sa route. Brandon ajoute : et puis il est persuadé que tu t'es tapé maman !

Pascal se retourne, Brandon lui fait un clin d'œil. Il sourit un peu.

Josselin

Pascal est soulagé de se retrouver chez lui. Il a longuement suivi le chemin de halage. Par moments il a pensé courir mais la marche opère toujours un effet relaxant sur lui. Elle lui permet de mieux penser. Un jour Louis lui avait dit : je lis comme tu marches. Lire longtemps, marcher longtemps, c'est la même chose : le cœur bat différemment.

La Meuse a quelque chose d'apaisant. Il passe devant la maison des Hollandais qui sont là cette fois. Ils ont dû arriver pendant le week-end. Pascal se revoit, deux jours plus tôt et sans chaussures, la gueule couverte de terre, passer devant cette maison.

Bientôt, il arrive chez lui après avoir monté la côte abrupte. Il avait peur de rentrer dans cette maison où dorénavant tout atteste que Louis n'est plus là. La maison était juste assez grande pour deux. Tout seul, c'est un palais de courants d'air.

Le jour commence à décliner. La maison n'a pas bougé depuis qu'il est parti la veille au matin, après avoir constaté le départ d'Adrien. Son mot est toujours sur la table.

Louis avait la manie de ranger les choses, de les remettre à leur place, alors que Pascal est plus du genre à poser un truc n'importe où et à se rappeler où il l'a posé. Souvent, il pestait tout seul contre Louis et lui sautait dessus dès qu'il passait le pas de la porte, Louis disait coucou, comme d'habitude, sur le même ton enjoué, quoique dernièrement il ne le disait plus si souvent, il entrait silencieusement, Pascal avait remarqué un truc un peu différent, chez lui, mais s'était surpris à penser bon il a dix-huit ans, c'est bien normal et même à penser il faut que jeunesse se fasse, comme Jean-Marc, et là il s'était dit qu'il allait falloir se reprendre. À peine était-il rentré que Pascal lui sautait dessus : Louis où est-ce que tu as mis mon papier d'assurance sécurité civile machin, là, j'en ai besoin je l'avais posé sur la grande table et il n'y est plus, tu m'expliques ? Louis soupirait : je l'ai rangé avec les autres papiers, dans le tiroir du meuble de la télé, je te l'ai dit cinquante fois que les papiers il faut les ranger là, même en bordel, on s'en fout, tu les balances dans ce tiroir et quand on en a besoin on sait qu'il faut fouiller dedans. Si on faisait comme toi bientôt on se torcherait le cul avec le certificat de la JAPD. Pascal riait parce que c'était un peu vrai. Louis avait un petit côté secrétaire, il ne lui avait jamais dit mais il tenait ça de sa mère.

Nathalie était secrétaire. L'administration, c'était son truc. C'était d'ailleurs assez bandant, tout son trip avec ses lunettes, ses collants noirs, ses petites jupes. Par contre elle aussi était stricte sur les papiers. Elle savait combien il était précieux de bien les conserver. Elle disait que ces papiers sont la preuve qu'on est en vie.

Il va falloir s'habituer à être dans une maison vide. À ce que tout demeure immobile.

Pascal prend son téléphone qu'il avait laissé sur la table et qu'il n'a pas consulté depuis deux jours. Il y voit une flopée de messages de condoléances, mais également un message d'un numéro qu'il ne connaît pas. C'est Adrien. Le message date de samedi matin, peu après le départ de Pascal vers la gare de Monthermé. Il le remercie une nouvelle fois pour la nuit. Il repose le téléphone. Voir ce message lui fait plaisir. Il va dans la chambre de Louis et prend son portable qu'il avait cette fois mis à charger. Il n'y a rien de nouveau dans les notifications ou les messages mais Pascal, en repensant au Josselin que Brandon a mentionné plus tôt, tente de voir s'il ne peut pas trouver quelque chose sur lui. Dans les contacts, il tombe en effet sur un Josselin, sans nom de famille. Il accède aux messages que les deux se sont envoyés. Pas grand-chose, une adresse et une heure de rendez-vous, fixée pendant la deuxième semaine des vacances de Noël, le 26 décembre, et un autre message de la part de Josselin, le 30 décembre, affirmant qu'il a fait du bon boulot. Pascal croit se souvenir que, pendant ces cinq jours, Louis était censé être chez une amie, entre Nohan et Charleville. Pascal s'était même demandé s'il n'y avait pas quelque chose entre lui et cette Inès qu'il n'avait jamais rencontrée.

L'adresse de ce fameux Josselin est à Haulmé. Ce n'est pas si loin. Pascal croit même savoir s'y rendre, sur les hauteurs du village. Quand il a le temps, il aime bien conduire et faire un petit détour par les chemins noirs qui traversent Tournavaux et Haulmé afin de rejoindre la route de Linchamps, d'où il marche pour atteindre son endroit de prédilection pour le bivouac. L'hiver, c'est un peu plus rude. Le sol est dur et parfois gelé. Ces derniers temps, l'atmosphère se fait moins fraîche. Pascal pense y déceler l'arrivée d'un printemps qu'il espère radieux.

*

Le lendemain matin, on est lundi et Louis n'est plus là. Après une nuit sans rêve, une nuit de trêve, Pascal prend sa voiture direction Haulmé. Il se considère condamné, pour le restant de ses jours, à se réveiller avec cette pensée.

Lui qui hier croyait voir l'arrivée du printemps se trompait : il a neigé pendant la nuit. Le village n'est pas si loin, mais avec la neige, la grande route est bouchée. Il prendra la petite. Il a le temps. On est lundi matin, et ce n'est qu'au milieu du trajet que Pascal se rend compte que ce fameux Josselin ne sera peut-être pas chez lui mais au travail. Pascal préfère ne pas y penser. Il se dit que la neige est une aubaine et qu'au pire Josselin finira bien par revenir. C'est déjà l'occasion d'observer où ce gars-là habite. Peut-être pourra-t-il aussi poser quelques questions aux voisins. Peut-être savent-ils quelque chose.

Pendant la nuit, le froid semble avoir autant givré les cieux que la cime des arbres. La terre paraît immaculée, comme au premier jour. Il y a quelque chose de saisissant dans le fait d'admirer la neige vierge, d'être le premier à la fouler. Ce qui rend la neige belle par-dessus tout, c'est le fait qu'elle appartienne à tout le monde, au même titre que l'air qu'on respire. Pascal y réfléchit un peu. Il se souvient d'un reportage montrant le premier restaurant, dans une Chine polluée, qui faisait payer l'air propre. Un jour, on finira par penser que l'air qu'on respire ne nous appartient pas.

Pascal sent que ses yeux commencent à se brouiller. Il veut s'arrêter sur le bord de la route mais elle est trop sinueuse. Les camions qui l'ont salée ont repoussé la neige sur les côtés, créant un mur. Pascal décide de beaucoup cligner. Il se sent comme au Dresden Strasse sous la lumière stroboscopique. À chaque virage en épingle, il klaxonne. Il n'y a tellement jamais personne sur cette route que tout le monde roule au milieu comme s'il était tout seul. Il a failli se faire rentrer dedans un jour. Pascal avait gueulé. Il préfère être prudent.

La vue sur la vallée de la Semoy est époustouflante. Après avoir suivi dix minutes une route en épingles à cheveux sur la colline dans une atmosphère de pureté, il aboutit sur l'aplanissement assez large qui sépare les deux vallons, accueillant les villes de Tournavaux et d'Haulmé. L'été, quand tout est vert et resplendissant de soleil, Pascal adore venir ici. Il s'y sent en vacances. Il venait pêcher dans les eaux, alguées et peu profondes, d'une Semoy miroitante. Louis se baignait, même si ces dernières années il n'aimait plus trop montrer son corps et se jetait à l'eau en T-shirt, alternant baignades et lectures. Pascal ressent une bouffée de nostalgie heureuse au souvenir des après-midi pourpres des jours d'été. Ce n'était pas le bout du monde mais c'était déjà quelque part. L'eau fraîche, la pêche, l'ombre du saule pleureur, les cris de joie des enfants du bac à sable au loin, et puis l'azur par-delà les collines, l'azur protecteur et la chaleur des longs jours.

La maison de ce fameux Josselin est sur les hauteurs d'Haulmé. Pascal traverse Tournavaux en vitesse et prend la route à droite au lieu de prendre le pont à gauche comme il le fait d'habitude. Il n'y a que quelques maisons ici, assez espacées, quasi toutes des résidences secondaires accueillant, l'été ou les vacances scolaires, ces gens aisés des villes qui fuient le bruit et l'asphalte. La maison de Josselin est la plus reculée. Il y a un portail bleu qui donne sur un sentier privé qu'il faut descendre pour atteindre la maison, légèrement en contrebas. Pascal s'arrête devant le portail, sort de sa voiture, observe un peu les lieux. Trois voitures sont garées devant la maison. C'est bon signe, quelqu'un doit être là. L'endroit est cossu. Large, avec un toit en pierre d'ardoise qui semble neuf, la villa a beaucoup de grandes baies vitrées, mais celles qui donnent sur l'entrée sont parées de voilages gris, ce qui fait que Pascal ne peut pas voir ce qui se passe à l'intérieur. Le portail est ouvert, il décide, tant qu'à faire, d'entrer et de se mettre près des autres voitures. Il sonnera, et puis s'il n'y a personne, il repartira. Il s'exécute avec une dextérité sommaire (les créneaux n'ayant jamais été son fort) mais parvient tout de même à garer son véhicule de façon correcte. Il se rend soudain compte qu'il n'a pas changé de vêtements depuis vendredi soir. Il porte toujours le même jogging, le même T-shirt, les mêmes baskets. Il se demande s'il ne pue pas un peu, mais juge que non, quoiqu'un peu effrayé qu'il se soit habitué à sa propre puanteur.

Les murs d'un blanc immaculé tranchent avec la saleté des feuilles mortes. Pascal sort de la voiture et, immédiatement, entend de la musique qui vient de l'intérieur. Il jubile silencieusement, se dit qu'il a eu raison de venir. Les murs ont l'air bien isolés. Pascal devine que la musique est au maximum alors que dehors on ne distingue que des sons vagues et étouffés. Il marche jusqu'à la porte et sonne, une fois, puis deux, puis trois, persuadé que Josselin n'entendra rien à cause de la musique. Après une courte attente, les nombreux verrous de la porte se défont.

Sur le seuil se trouve un garçon très grand, roux, au corps vigoureux, les cheveux mouillés, des taches de rousseur plein le visage, une serviette hâtivement enroulée autour de la taille et les pieds nus. Il lui sourit en coin et lui jette un regard l'air de dire t'es qui, qu'est-ce que tu fous là ? Pascal demande : Josselin ? Le mec se marre et lui dit non, non, attendez je vais le chercher. Il tourne les talons, tenant sa serviette d'une main, le corps élancé, les tatouages saillants, beau jusqu'aux pieds. Pascal remarque ses pieds plats, comme Louis. Cette façon de marcher lourdement lui rappelle son fils, qui a dû porter des semelles correctrices toute sa vie. Autre chose qu'il tenait de Nathalie. Il se souvient du jour où il avait vu les jolis pieds plats de Nathalie et qu'il avait été fasciné par cette absence de courbe. Pascal est sorti de ses pensées par le roux qui crie Jo ! et une voix qui répond quoi, putain ? Puis plus rien pendant une minute avant que ne débarque devant lui un type très mince, les cheveux longs, bouclés, gris, gras, presque blancs. Il porte des vêtements amples dans lesquels il paraît flotter ; des santiags aux pieds, des lunettes de soleil de cycliste sur la tête, un collier de surfer avec un coquillage au bout d'une corde noire autour du cou, un gros cigare à la main, main dont chaque doigt porte une bague invraisemblable. Chaque fois qu'il tire sur le cigare, il est pris d'une quinte de toux violente. Il s'avance à pas rapides et dit bonjour qu'est-ce que je peux faire pour vous ? Vous êtes voisin ? Vous vous êtes perdu ? Vous avez besoin d'un téléphone ? Le type est nerveux. Pascal répond vous êtes exactement l'homme que je venais voir : je viens par rapport à Louis. Le mec tire une gueule exaspérée et dit quoi encore celui-là, qu'est-ce qu'il veut, vous êtes son avocat ? Pascal ne comprend pas très bien mais dit quand même : je suis son père. Josselin, visiblement surpris, dit ah bon, ben qu'est-ce que vous voulez, alors ? Si c'est à propos d'argent, je vous préviens direct, je vais me mettre en colère, je pensais que c'était réglé cette affaire. Pascal est largué. Louis est mort, monsieur, dit Pascal, c'est pour ça que je viens vous voir. Josselin, dont le corps était perpétuellement en mouvement sur le pas de la porte, martelant le pan du mur, tapant des pieds, bougeant sa tête, craquant ses doigts, regardant ailleurs, fumant son cigare, s'immobilise enfin. Quoi ? Comment ça ? Qu'est-ce qu'il s'est passé ? Ça n'a rien à voir avec moi j'espère ? Pascal dit qu'il s'est suicidé (il l'a tellement répété ces derniers temps qu'il a l'impression que ces mots, il, s'est, suicidé, ne veulent plus rien dire) avant d'ajouter : pourquoi ça aurait quelque chose à voir avec vous ? Josselin se gratte la nuque en disant non rien rien bien sûr que non, je suis juste triste d'apprendre cette nouvelle. Il a la voix rauque d'un mec qui a beaucoup trop clopé, et Pascal se dit heureusement que je me suis arrêté à temps, sinon j'aurais eu la même. Une voix de mec malade. Je peux entrer qu'on discute deux minutes ? demande Pascal. J'ai conduit depuis Villers-Semeuse pour venir ici, au moins un café, quoi ? Pascal ment. Il sait se montrer persuasif quand il le faut. Josselin se remet de sa dernière quinte de toux et hésite. Visiblement, ce n'est pas le bon moment. Devant le regard insistant de Pascal, qui surjoue un peu l'innocence, il finit néanmoins par céder.

La maison pue la baraque de nouveau riche. Le sol en imitation marbre luit sous une lumière trop blanche. Pascal manque de glisser dès ses premiers pas. Josselin lui conseille d'enlever ses chaussures pour ne pas salir le sol – Pascal se félicite d'avoir mis des chaussettes identiques ce matin. Il obtempère en regardant autour de lui. Cuisine américaine entourée de colonnes imitation Grèce antique, tout fait très loft et en même temps très kitsch. Le mur de gauche est en briques apparentes et celui du fond une immense baie vitrée, comme le mur d'entrée, à travers lequel Pascal aperçoit une piscine creusée, couverte d'une grande bâche bleue. La vue sur la vallée est dégagée, sans vis-à-vis. Le mobilier est design et il règne dans la pièce une odeur qui prend le nez. Tout est trop neuf. Pascal se sent comme un intrus. Cette maison, peinte dans des tons blanc, gris, noir, n'a pas une seule couleur. Tout est dénué de goût.

Josselin l'invite à s'asseoir. Il y a de la galette au sucre sur la table basse avec du jus d'orange. Quatre assiettes, quatre couverts. Zut, dit Pascal, faussement désappointé, j'arrive peut-être alors que vous avez des invités ? Ce n'est pas très poli, désolé.

Pascal se contrefout des invités. Il feint la politesse : l'autre n'a pas un fils mort et enterré. Ses invités attendront bien sagement dans leur coin. Josselin a l'air gêné et dit oui voilà c'est ça, j'ai du monde, mais ce n'est pas très grave, ils dorment encore, il est tôt. Pascal regarde sa montre ; il est onze heures un lundi de mars. Ce Josselin doit avoir une autre vision du temps. Pascal est un vrai lève-tôt. Onze heures, pour lui, c'est déjà une journée gâchée. Louis aussi était incapable de se lever tard. Pascal jubilait en silence.

Il sait que Josselin ment. Impossible de dormir avec le bruit qu'il a entendu en arrivant.

Tout lui paraît suspect. Il se demande ce que Josselin cache. Et qui était ce mec à poil qui lui a ouvert la porte ? Pascal entend des voix à l'étage, des voix graves et des rires d'hommes. Josselin a l'air très mal à l'aise. Pascal et lui se jaugent, cherchent à se cerner.

Pascal dit j'ai trouvé ton numéro et ton adresse dans le téléphone de Louis, et un mec pour qui il travaillait m'a dit de venir te voir, que tu allais pouvoir m'apprendre des choses sur lui.

Passage au tutoiement. Josselin est déstabilisé. Pascal, qui jusqu'ici s'était confondu en politesses, a assez haussé le ton pour signifier qu'il est inutile de se dérober aux questions.

La seule chose que je sais, c'est qu'il s'est suicidé. Je veux comprendre pourquoi. Le reste, tout ce qui se passe ici, ça me regarde pas. La seule chose que je veux, c'est comprendre ce que Louis est venu foutre ici pendant cinq jours après Noël et tu n'entendras plus jamais parler de moi. Pigé ? Il est mort. Je ne suis là pour juger personne. Je ne suis pas aveugle. J'ai bien compris qu'il se trame des choses ici et que tu préférerais rester discret – ça, je peux très bien l'entendre et je te jure sur la tombe de mon fils que je ne dirai rien.

Josselin l'écoute avec patience. Quelque chose le touche dans le charisme de ce type un peu hirsute à la brutalité contrôlée. Josselin croit y percevoir quelque chose d'animal, ça sent le mec hanté, le type un peu fou qui a besoin de réponses. Il se convainc de sa sincérité. Il n'est pas là pour foutre la merde. Cela ne l'empêche pas de se sentir un peu contrarié : il a du travail et n'aime pas avoir des inconnus chez lui. Pour ce gars-là, il peut faire un effort.

Josselin est un vrai vicelard. Il a monté sa boîte de porno gay cent pour cent français et se dit en faveur d'un porno du terroir, d'un porno bien de chez nous. Josselin aime les mots du sexe en français. Il aime les jeux de soumission et de domination. Ce qui ne faisait aucun doute, c'est qu'il avait du mal à trouver ça en ligne, malgré ses heures passées à chercher *le* bon porno. À l'origine, Josselin était comptable au Travailleur, une boutique de vêtements à Charleville. Une vie passée à se plonger dans les chiffres au milieu des clients qui viennent ici pour trouver des tenues 4XL qu'ils ne trouvent pas ailleurs. Josselin vivait à Charleville, dans un des HLM juste derrière le marché couvert. Il se sentait seul. Le besoin d'argent le rendait dingue à hurler. La nuit, il étouffait ses cris dans son oreiller. Le manque d'argent lui serrait le cœur : c'était pour lui une charge mentale dont il n'arrivait jamais à se défaire. Il y pensait tout le temps, et à rien d'autre : comment gagner plus de fric ? Comment se fait-il que je croupisse seul dans cet appart minuscule sans jamais avoir le pouvoir de m'acheter quoi que ce soit ? Il haïssait cette obsession de toujours avoir à regarder les prix de tout, à aller au moins cher, vers les produits tout en bas des rayons dont personne ne veut, cette obsession de pauvres gens, tout ça en se coltinant des donneurs de leçon à la télévision qui parlent d'acheter *moins mais mieux*, genre il vaut mieux prendre deux cent cinquante grammes de fraises des bois origine France à trois euros cinquante plutôt que de prendre le kilo de fraises d'Espagne à deux euros. Tous ces gens qui mangent à leur faim, qui croulent sous l'argent pour s'acheter des bonnes choses. Ils ne s'imaginent pas ne serait-ce qu'une seconde que des gens crèvent de faim en France, qu'ils n'ont pas d'autre choix que d'acheter les trucs qu'on daigne leur proposer à petit prix. Josselin était fier d'acheter ses fraises d'Espagne, fraises qu'il adorait pardessus tout et dont il pouvait se faire des dîners entiers.

Josselin a décidé de changer de vie. C'est aussi simple que cela ; c'est ce qui l'a d'ailleurs surpris : la simplicité. Cela l'avait obsédé pendant des mois : comment faire ? Qu'allait-il lui arriver ? Comment l'annoncer, comment en parler ? Et puis un jour, avant l'été, il a déposé sa démission dans une indifférence qui lui a presque fendu le cœur. C'était fait. Plus à aller au travail le matin. Pas même une panique, pas même la culpabilité d'avoir des journées libres, cette culpabilité étrange que l'on s'impose à soi-mème. Josselin savait ce qu'il voulait faire : du porno, mais du bon porno et du porno français.

Évidemment, Josselin a un peu galéré. Monter une boîte s'est avéré plus compliqué qu'il ne pensait, surtout d'un point de vue administratif, une perte de temps. Il s'est débrouillé. Il lui fallait de l'argent, et vite. Il avait besoin d'un lieu de tournage. Son propre appartement était trop petit et surtout trop laid. L'occasion s'est présentée. Jacky, un ami d'enfance, qui habitait une jolie maison à Roche, partait deux semaines en vacances dans le Sud avec ses gamins et lui avait demandé s'il pouvait venir pendant son absence nourrir le chat. Josselin avait accepté avec un enthousiasme contenu, tenant là ce qui allait devenir son premier décor et l'avait immédiatement inspiré. Une maison banale à laquelle tout le monde peut s'identifier. Très vite, après avoir posté une annonce sur Internet qui, à sa plus grande surprise, avait rencontré un franc succès, il avait accueilli chez Jacky des dizaines de garçons qui restaient là quelques jours, tournaient des scènes sous l'œil de Josselin qui avait dilapidé ses dernières économies (sacrifices de plusieurs années à courir après le moindre centime) dans un appareil reflex de bonne qualité. Les deux semaines écoulées, il avait rendu la maison toute propre, sans que jamais Jacky ou sa famille ne se doutent que de rutilants jeunes hommes avaient forniqué sur l'intégralité de leurs meubles.

Tout avait changé très vite. Après avoir appris à monter de façon sommaire, Josselin avait publié ses premières vidéos en ligne. Le manque de technique était rattrapé par l'originalité de sa vision et par le foisonnement de dialogues que les courtes vidéos proposaient (une vingtaine de minutes chacune, aucune équipe de tournage pour plus d'authenticité – les gens n'aimaient plus le sexe industriel).

Le succès fut immédiat. Le site gagna des adhérents. Josselin insistait pour qu'il reste gratuit, demeurant fidèle à son principe de vie : le porno, c'est pour tout le monde. Toutefois, Josselin devant répondre à des contraintes financières, il inonda sa page de publicités.

Salaire multiplié par vingt en l'espace de quatre ou cinq mois. Il avait acheté la maison d'Haulmé, qu'il avait entièrement fait décorer de manière « tendance », du moins c'est ce qu'il en dit. Pascal, sur ce point-là, n'est même pas certain que Josselin aime vraiment sa décoration : il aime plutôt l'effet « tendance », même si ce n'est pas à son goût. Il aime que les gens rentrent chez lui et qu'ils soient impressionnés.

C'est là que Louis arrive dans l'histoire, dit Josselin. Un peu avant Noël, Josselin reçoit un mail très bien rédigé d'un jeune garçon qui dit avoir dix-huit ans et des galères d'argent. Sans épiloguer, il affirme en somme être prêt à tout. Josselin ne s'inquiète pas plus que ça. Il reçoit des mails similaires tous les jours de la part de jeunes hommes désespérés, en manque d'argent. C'est une question de vie ou de mort.

Josselin l'invite à venir prendre le café chez lui. Ils discutent. C'était une aubaine pour lui. Plutôt que les mecs gonflés à bloc mais frôlant l'illettrisme qu'il avait l'habitude de recevoir, Louis était un peu plus rond, plus *normal*, en fait, ce qui a plu à Josselin. Il y a vu une possibilité pour le spectateur de s'identifier. Il parlait bien, s'exprimait avec clarté. Josselin n'avait même pas pensé à vérifier l'âge de celui qui n'allait avoir dix-huit ans que quelques semaines après. Louis avait rencontré les autres garçons qui étaient là. Aucun à son niveau, aucun n'était aussi convaincant que lui dans les rôles qu'il jouait. Louis avait de très belles fesses, un corps imparfait mais photogénique. Payé au noir et très cher. Josselin y avait tenu. Le gamin ne se plaignait jamais, pas un mot plus haut que l'autre, prenait très bien les directions, savait jouer avec les caméras, bandait quand il fallait, faisait bander les autres, même ceux, nombreux, qui venaient strictement pour l'argent et qui parfois n'avaient jamais essayé quoi que ce soit avec un autre homme avant.

Josselin décrit cette faim, ce gouffre, cette faille quand Louis faisait l'amour, cette fissure qu'il avait pu filmer sous tous les angles, sur son visage, sur tous les membres de son corps, sur chaque parcelle de sa peau. Un gouffre similaire à ce que racontait Adrien.

Au-delà de ça, Louis était surtout très agréable à vivre entre les tournages. Il était de très bonne compagnie. Il lisait beaucoup et s'entendait bien avec tout le monde.

Combien de garçons sont dans la maison là maintenant ? demande Pascal. Trois, répond Josselin. On tournait une scène sous la douche quand tu es arrivé, heureusement que Thomas t'a entendu. C'est un peu une colonie de vacances de cul, quoi, dit Pascal. Josselin se marre et lui répond oui, si on veut.

Louis était drôle, il faisait rire tout le monde. C'étaient les vacances scolaires donc ils étaient cinq. Il dormait avec Hugo, un grand blond qui venait de la banlieue de Lille. Ils avaient prévu de se revoir après, puisqu'il me semble que Louis projetait d'y déménager l'année d'après pour ses études, je n'ai pas tout compris, n'empêche qu'il était très ami avec tout le monde et qu'il a été très apprécié en ligne. On me demande toujours de refaire des scènes avec lui : c'était le passif idéal. Mais il n'a jamais répondu à mes appels. Il m'a fait chier parce que je n'avais pas envoyé tout l'argent, je voulais le faire revenir, mais bon, j'ai bien dû lui envoyer.

Matthew King, il avait pris ça comme « nom de scène ». Tu penses, c'est rare les pornstars qui utilisent leur vrai prénom. T'imagines, en pleine reconversion tu veux bosser dans une banque, on tape ton nom en ligne et on trouve dix-huit vidéos de toi en plein bukkake, ça te fout un entretien d'embauche en l'air.

Vous les avez, ces vidéos ? demande Pascal. Il veut les voir. Il veut être certain. Il a les yeux à moitié clos. Chaque fois qu'il pense avoir atteint le bout, il en revient au même endroit : il découvre à quel point Louis lui était étranger. Pascal voudrait que ça s'arrête. Josselin se lève et va chercher son ordinateur à l'autre bout de la pièce. Il tape dessus si vite que ça paraît faux, comme s'il ne tapait pas vraiment. Il finit pourtant par tourner l'écran vers Pascal avant de s'en aller à l'étage.

Pascal ne peut pas regarder en entier, il regarde par petits bouts, il avance sans savoir sur quoi il va tomber. Des arrêts sur image de Louis suçant une bite ou sur Louis offrant son intimité à l'appétit d'un autre, son corps blanc et lisse mêlé à ceux d'un ou plusieurs, son visage lubrique et ses courbes. Ses yeux, une terre aride. Les sons, les mots de Louis, les bruits de Louis, les gestes de Louis, la voix de Louis. Tout hurle son absence. Il ferme l'écran de l'ordinateur un peu brutalement. Il se lève, se rue vers l'entrée et claque la porte derrière lui. Tout dans cet endroit lui inspire du dégoût. Il n'a plus envie d'être là. Il aimerait effacer les images qu'il vient de voir, ces images qui ne devraient pas exister. Qu'elles disparaissent à jamais avec Louis. Pascal voit, à travers elles, la cristallisation de ses échecs.

Il n'a pas été là. Il n'a pas eu les mots. Il est resté aveugle.

Il entre dans la voiture en claquant la portière. À la fenêtre du premier étage, il peut apercevoir un garçon nu et trapu, brun avec d'énormes sourcils, qui le regarde et lui fait un signe de la main auquel Pascal ne répond rien sinon une indifférence blanche, blanche comme la neige qui a continué de tomber pendant qu'ils discutaient.

La neige recouvre tout mais pas les images. Pascal voudrait s'ouvrir la tête pour les prendre à mains nues et les jeter dans la Semoy, qu'elles s'enfoncent dans la vase ainsi que dans les algues vertes et gelées de la rivière. Il se dit que c'est peut-être ça que Louis a cherché à faire. Il a cherché à tout éteindre. À faire un noir. Il a voulu tout arrêter sans savoir à qui parler. Y mettre fin. Fuir.

Tout s'est recouvert de givre.

S'abandonner aux sources

Il faut savoir s'en remettre aux cours d'eau. Pascal disait souvent cela d'un air grave.

Il a conduit sans s'arrêter vers la confluence des ruisseaux. En pleine forêt, vers Linchamps, les ruisseaux de la Saint-Jean et de la Croix-Scaille se rejoignent. À partir de là, il faut choisir lequel suivre. Plus que ça : il faut choisir auquel faire confiance. Suivant l'un ou l'autre, le chemin de pensée ne sera pas le même ; les conclusions non plus. Ce qui est certain, c'est qu'il faut marcher un certain temps pour parvenir aux eaux claires – aux eaux qu'on peut boire.

Pascal a depuis longtemps perdu conscience de son corps. Il n'est plus capable de douleur. Jamais il n'est monté si vite. Il ne croyait pas ça possible. Ignorant les chemins, les signes et les ronces, il a grimpé tout droit en longeant le ruisseau, avide du sommet. Il n'a pas mal aux cuisses ni aux mollets.

Il lui fallait s'extirper de la vallée. S'éloigner du fleuve pour aller là où tout jaillit.

Pascal se sent parcouru d'un froid qui ne lui fait pas mal. Ses pieds s'enfoncent dans la neige vierge jusqu'aux chevilles. La sueur de l'effort colle à ses vêtements, lui glace la peau. Il ne sait pas combien de temps il a marché. Tout ce qu'il sait c'est qu'enfin il a atteint la cime. Il n'est pas loin de la source, un plan d'eau claire et froide dissimulé par le houx. Il s'y dirige, se guide à l'intuition. Son sens de l'orientation est mécanique ; il connaît les arbres, il connaît des chemins et les fougères. Il reconnaît le houx et tombe par terre, à genoux dans la neige. Auprès de l'eau, il croise son reflet rouge, ses cheveux trempés et son visage bouillant. La morsure du froid le prend au corps, il ne peut presque plus bouger. Ses articulations sont figées par le gel. Pascal se dit que s'il se relève, ses genoux se briseront.

De l'eau s'échappe une étrange vapeur. Pascal n'a jamais vu ça. De la source semblent naître les brumes. Il connaît cette source depuis son plus jeune âge : peu à peu, il n'en était plus un visiteur mais un pèlerin. On dépasse le simple stade de la visite à partir du moment où on s'offre tout entier aux lieux. Pascal pense à Nathalie malgré la douleur, il pense à Manosque, l'été, où Nathalie se rendait chaque année – elle en parlait souvent et y pensait tout le temps ; deux semaines à Manosque, deux semaines en Provence. Hors du monde, rien qu'un temps ; rien qu'un instant pour se maintenir en vie.

Cela fait des années que Pascal s'abandonne à la source. Il n'y voit plus son reflet, entravé par la vapeur soudaine. Il plonge une main dans l'eau et sursaute à son contact : l'eau est chaude, voire brûlante sur ses phalanges engourdies par la neige. Pascal en extirpe sa main. Il a du mal à y croire, pourtant le froid est là et la chaleur aussi. Il y replonge sa main dans un soupir. Il se retourne avec difficulté et s'allonge sur le dos. Il se pousse en arrière d'un coup de pied. Ses bras, tendus derrière sa tête, entrent dans l'eau. Dans sa drôle de position, Pascal hurle au ciel, hurle d'une brûlure de plaisir, il hurle aux arbres, aux cimes et aux cieux de bien vouloir l'achever. Il reprend péniblement son souffle par petites contractions jusqu'à prendre une bouffée d'air suffisante, pour hurler derechef. Son cri déchire la neige qui se met à tomber sur son corps à moitié immergé. Les pères et les fils sont faits pour crier à l'unisson.

Pascal regrette. Louis n'aura pas vécu assez longtemps pour qu'ils puissent hurler en chœur. Ces choses-là prennent du temps. Elles ne viennent pas d'elles-mêmes. Pascal ne se sent pas pleurer. Il sait juste que crier lui fait du bien. Haletant, il jette un œil derrière lui, relevant sa tête en arrière. Ses bras paraissent fondus dans la buée. D'un autre coup de pied, Pascal se pousse encore. Son corps glisse sous l'effort ; au terme d'une large inspiration, son visage s'immerge, bientôt suivi par le reste de ses membres, ne faisant qu'un avec l'onde de chaleur qui le traverse. Pascal ouvre les yeux. Il se retourne. L'endroit est profond et sombre. Au gré de brasses puissantes, il s'enfonce de plus en plus vers ce fond qu'il n'a jamais atteint, vers ce fond qu'il a toujours rêvé de toucher. Il n'a parlé de cet endroit à personne et n'y a jamais croisé personne. Il y a emmené Louis, qui n'avait levé les yeux de son livre que pour lui lancer un regard agacé, tout ça pour ça, se baigner dans une mare couverte de feuilles, ignorant son rituel de submersion.

Chaque fois qu'il vient, Pascal nage vers le fond, persuadé d'y arriver. Il nage chaque fois plus loin, bloquant son souffle jusqu'à la suffocation, jusqu'à ne plus en pouvoir, jusqu'à se retourner vers la surface pour se rassurer de sa présence, évidente et proche. Mais dans les profondeurs, quand l'air vient vraiment à manquer, les quelques brasses nécessaires pour remonter représentent un tel effort qu'il doute chaque fois d'y parvenir. Il s'agit de remettre en cause ce dont il est pourtant certain : la surface va venir, et avec elle la brise salvatrice. Dans un état proche de l'affolement, ses pieds battant frénétiquement, le torse ondulant, il espère retrouver son souffle.

Son visage émerge enfin dans une inspiration qui maintient en vie plus que les autres. Pascal fait la planche et regarde le ciel gris, ses oreilles, toujours sous l'eau, étouffant tous les sons. Pascal se tient entre deux mondes : l'un qui se déploie sous son corps flottant et l'autre qui s'envole devant ses yeux ahuris.

Il ne veut pas sortir de l'eau. Il a l'impression d'y comprendre des choses. Il pense surtout à la douleur que sera le froid après la chaleur de l'eau. Une épée à deux lames ; la chaleur lui redonne vie mais n'annonce que le combat à venir. Il faut s'y résoudre.

Péniblement, Pascal se rapproche de la terre. Ses bras lui crient de tout arrêter, ses jambes aussi. Il ne les écoute pas. Il grimpe, faisant taire les injonctions de son corps qu'on ne peut condamner au mutisme. Le corps se fera toujours entendre.

Il se relève. Le contact de ses genoux contre la neige sale est une brûlure ; les mains, c'est encore pire. Debout quand même.

Ce n'est pas fini, se dit Pascal. Ce n'est pas fini.

Il dévale les pentes, tombe par moments, roule sur la longueur des collines dans la neige à peine déposée. Son visage est couvert de givre. Il se rattrape aux myrtilliers.

Béatrice

On est mardi et Louis n'est plus là. Pascal ne se rappelle plus comment il est rentré. De la fenêtre de sa chambre, depuis le lit sur lequel il s'est endormi d'épuisement et de choc, il peut voir la forêt nue sur la colline. Il est tôt. Il a dormi toute la journée et toute la nuit. Il se sent engourdi. Il descend se servir un verre d'eau et allume la télévision tout en coupant le son. Il reste quelques minutes à regarder les images muettes.

Il aperçoit du mouvement par la fenêtre et, à travers le voilage, reconnaît la silhouette de la factrice qui enfourche son vélo, descendant tant bien que mal la rue des Bosquets ravagée par les travaux. Penser aux égouts rappelle à Pascal les histoires de Louis, qu'il essaie de chasser de son esprit. Il se lève, retourne à la cuisine, s'enfile un jus d'orange et va chercher le courrier. Il y a trois lettres dans la boîte, deux factures et une du CHU de Manchester, le site principal de l'hôpital de

Charleville, adressée à Louis. Il n'y a plus un médecin dans le département mais l'hôpital est flambant neuf, tout juste refait grâce aux financements européens. Pascal ne s'y est rendu qu'une fois, le jour où Louis s'est ouvert l'arcade sourcilière à l'école de Bogny en se prenant une poignée de porte. La porte, qui se fermait toute seule, lui était revenue en plein visage alors qu'il courait pour sortir du bâtiment. Il avait fallu le transporter aux urgences où on l'avait recousu. Trois points de suture.

Il ouvre la lettre. C'est un duplicata de résultats d'analyses sanguines avec des mots que Pascal ne comprend pas et des tableaux qui durent sur plusieurs pages.

Sur la troisième page, écrite à la main par le docteur, soudain, il le lit : toutes ces séries de tests concluent au même résultat. Le virus reste stable. La trithérapie fonctionne. La lettre se veut tout de même rassurante. Ce n'est pas encore le SIDA. La trithérapie (Pascal ne voit pas ce que c'est mais continue à lire quand même) empêchera le virus de muter, ce virus qu'on ne sait pas guérir, que l'on sait seulement contenir. Il faudra prendre ce traitement à vie, trois fois par jour, s'assurer de toujours avoir les médicaments sur soi, de ne pas les oublier, d'avoir les ordonnances systématiquement à portée de main. Toujours se protéger en cas de rapport sexuel, car passer le virus en connaissance de cause est considéré comme un délit passible de sanctions. Le médecin lui conseille de regarder le film *Kids*, qui parle d'un mec séropositif qui s'amuse à refiler le SIDA à plein de jeunes filles vierges dans le New York des années quatre-vingt-dix. Le médecin avait dû saisir la cinéphilie de Louis.

Ce n'est pas encore le SIDA.

Pascal se demande comment il est possible qu'il n'ait pas été prévenu. Son fils était au lycée. Oui, mais Louis avait dix-huit ans. Il était majeur.

Tout devient clair. Les sonneries trois fois par jour sur le téléphone, les alarmes : c'était pour ne pas oublier ses médicaments, pour prendre le rythme, lui qui était si tête en l'air, plongé dans ses cours ou dans ses livres, arpentant d'autres mondes. Il en aurait oublié de guérir.

C'était donc ça. Louis vivait dans la peur d'oublier son traitement. Et il avait dû se résoudre à son sort. Sa vie serait celle d'un malade. Plus d'insouciance possible. La crainte permanente d'une décrépitude accélérée. Louis n'aurait vécu que par procuration, dans la dépendance et la vulnérabilité. Pascal arrive presque à le comprendre maintenant. Louis était frappé de tous côtés. Il se débattait seul dans un filet, réduit à l'impuissance. Tout lui tombait dessus sans qu'il puisse en parler. Pascal tremble, il ne cherche même plus à contrôler ses spasmes qui se propagent aux bras et qui viennent secouer son corps tout entier. Il s'agenouille, s'assoit contre le mur. Il imagine la honte. Il imagine Louis, au plus bas, ne sachant pas vers qui se tourner. Il imagine son garçon, si intelligent, se débattre pour trouver une solution viable. Comment s'en sortir ? Cette question, comme les spasmes de Pascal, avait dû lui prendre le corps entier, s'emparer de chacun de ses membres jusqu'à lui ôter le sommeil et les songes.

Pascal a toujours ses habits de la veille. Il reste sur le pas de la porte, frigorifié, la lettre à la main, immobile, ébaubi. Ses tremblements se calment. Il reprend peu à peu sa respiration. Il sent son visage rouge, ses yeux révulsés par le manque d'air et de souffle.

Il décide de se rendre à la pharmacie. Béatrice, la pharmacienne, saura lui en dire plus. Il descend la pente abrupte à pied, il n'a même pas fermé la porte à clé, il marche vite, il a besoin de réponses. Louis avait le VIH. Pascal a peur, peur de n'avoir rien compris. La pharmacie n'est pas loin, elle est juste avant le pont, à droite, des petites halles de Bogny. Il est midi, la cloche sonne. Pascal arrive devant la pharmacie alors que Béatrice est en train d'abaisser le rideau de fer pour l'heure du déjeuner. Elle ne rouvre qu'à quatorze heures. Il l'interpelle au loin. Béatrice hurle de peur avant de rire en se rendant compte que ce n'est que lui. Elle a l'air perdue dans ses pensées. Elle fuit le regard de Pascal, elle lui dit ah salut P'tit Blond je vais manger là, tu reviens après le déjeuner si tu veux passer avec ton ordonnance, je te prendrai en premier ? Elle dit ça pour se débarrasser de lui. Pascal la connaît bien.

Il pose la main sur son épaule et lui dit Béatrice j'ai besoin de réponses. Je viens de recevoir une lettre de l'hôpital adressée au nom de Louis qui n'annonce pas de bonnes nouvelles, qu'est-ce que ça veut dire, tout ça ? Aide-moi, s'il te plaît, je ne fais qu'apprendre des trucs affreux à propos de Louis, je ne le connaissais pas, j'ai l'impression que tout le monde le connaissait sauf moi. On était des inconnus, putain. C'est beau, hein ? Deux inconnus qui vivent sous le même toit, mais bordel, c'est pas ma faute, quoi ! Je sais pas, j'ai toujours pensé qu'il y aurait du temps, que s'il me disait rien, c'est qu'il avait rien à me dire, et ça m'allait, moi, on était tranquilles tous les deux, avec notre petite vie, merde, je savais pas que ça allait s'arrêter là, devant mes yeux, un jour, boum, il est envolé, mort, Béatrice, putain ! Essaie de te rendre compte ! Si Romain mourait demain, suicidé, qu'est-ce que tu ferais, hein ? Si t'avais le corps de ton fils dans tes bras, déjà froid, les yeux vides, sans que tu saches pourquoi, tu crois que si j'avais le moindre élément qui t'aiderait à comprendre, je te tournerais le dos ? Me protéger, c'est ça que tu veux ? Me protéger ? La belle affaire, Béatrice, je suis seul, putain, seul ! Me protéger de qui, de quoi ? Je veux juste savoir, tout savoir, même si c'est moche, même si ça me ruine, même si tu me vois m'effondrer là par terre pour ne plus me relever, même si c'est une catastrophe, un tsunami, je m'en fous si je sais tout ! Tu comprends ? Un quart d'heure de ton temps, Béatrice, par pitié, explique-moi ce qu'il t'a dit, ce que t'ont dit les médecins, explique-moi, s'il te plaît.

Béatrice le regarde. Quelques secondes, quelques secondes où tout se joue avant d'esquisser un petit hochement de tête. Elle claque le rideau de fer, le ferme à clé et entre dans l'immeuble par la porte juste à gauche de l'entrée de la pharmacie, l'invitant à le suivre. Ils montent un petit escalier en bois aux murs gris et étroits. Béatrice et son mari, Paul, vivent au-dessus de la boutique. Paul est directeur d'agence immobilière, ça fonctionne assez bien, ils sont loin d'être à plaindre. Ils ont pu envoyer leurs trois enfants étudier ailleurs. C'est à ça que Pascal remarque le privilège : pouvoir ou non envoyer ses enfants faire des études. Louis aurait dû se débrouiller tout seul, obtenir toutes les bourses possibles auxquelles seuls les meilleurs des meilleurs ont droit ou bien s'en sortir à sa manière. Ou les deux. Peut-être avait-il parié sur les deux. Pascal n'aurait pu que le regarder. Il n'aurait pu l'aider en rien.

L'appartement est cossu, les murs sont blancs, il y a un étage et du parquet au sol. Béatrice, ses cheveux courts coupés au carré, sa robe grise en dessous du genou, ses chaussures orthopédiques, sa petite chemise bleue et le petit cardigan posé sur son épaule, les lunettes en écaille, le maquillage minimaliste, un trait de bleu sous les yeux, elle a tout d'une femme de droite. Béatrice est une catho farouche. Elle avait été médecin, une putain de libérale, et elle aurait signé yeux bandés pour voir Fillon président. Pascal est même sûr qu'elle aurait signé pour qu'on rende Fillon immortel, qu'on le cryogénise, qu'on le nomme ambassadeur de toutes les galaxies, qu'on accroche son portrait d'homme honnête dans toutes les mairies et institutions de France, de Navarre et du reste. Se heurtant toutefois à l'opinion de bon nombre de ses semblables, elle se contentait de garder un portrait encadré de lui sur sa table de chevet. Béatrice avait fait de l'humanitaire, au tout début. Elle avait passé trois ans dans le Sahel avant de rentrer en France. Elle avait rencontré son mari à Paris, s'était mariée et avait eu trois gosses qui l'avaient transformée en une capitaliste insatiable. Tout pour sa famille, tout pour elle et les siens. Elle était devenue médecin dans les Ardennes, pas à Bogny mais ailleurs, Pascal ne se souvient pas bien où. Elle avait profité du désert médical de la région pour imposer un tarif astronomique, refusant le tiers payant qui lui donnait trop l'impression d'être fonctionnaire. Les pauvres paieraient en espèces, un point c'est tout. S'ils ne voulaient pas, ils iraient voir ailleurs. Sauf que voilà : cancer du col de l'utérus. Un mercredi de novembre, elle va à l'hôpital, on lui apprend ça. Un an et demi sans pouvoir travailler, et, entre deux, une autre généraliste qui avait ouvert dans le même secteur, qui acceptait volontiers le tiers payant et qui mettait sa consultation à un prix fixe et raisonnable. La salope. Se relevant douloureusement de ses épreuves de santé après une chimiothérapie (elle qui avait de longs cheveux noirs les a toujours coupés après ça), elle s'était rabattue sur la pharmacie en suivant une petite formation à distance avec le Cned payée par son époux. Elle avait repris la pharmacie de Bogny et toute la famille avait pu déménager là. Avec un mari agent immobilier, trouver un logement n'avait pas été compliqué.

Quand elle avait vu arriver Louis, en février, elle l'avait accueilli chaleureusement. Béatrice adore les histoires de prolos qui s'en sortent et encore plus quand ils lisent. Peut-être qu'elle s'était reconnue en lui. À l'origine, Béatrice est fille d'ouvrier aussi, elle sait ce que c'est de se saigner pour faire médecine. Pascal le lui a toujours reconnu. Il la soupçonne d'avoir fait de l'humanitaire pour cette raison, d'ailleurs. J'ai réussi mais attention, j'aide les pauvres, on ne peut pas m'en vouloir. C'est l'arrivée des enfants qui avait tout changé, elle ne voulait surtout pas qu'eux aient à galérer autant qu'elle, même s'il n'y avait aucun souci à se faire, son mari descendant d'une lignée de grands bourgeois champenois. Louis avait dû rappeler à Béatrice comment elle était à son âge, pétrie d'aspirations et d'ambitions. Un cerveau fait pour la grandeur. Elle savait qu'il allait s'arracher d'ici, même s'il y garderait des racines. Seulement voilà, elle était tombée de haut. Louis avait le VIH. Dans sa tête, une maladie de pédé. Elle l'avait regardé, outrée, avait pensé mais quel con celui-là de ruiner son avenir. Mais elle n'avait rien dit, parce qu'elle pouvait voir dans son regard qu'il pensait la même chose, qu'il se maudissait d'avoir ça dans le corps, que s'il lui avait fallu s'éplucher la peau et plonger au plus profond de lui-même pour extirper le virus, il l'aurait fait, qu'il aurait tout tenté pour remonter le temps, qu'il aurait tout donné, tout échangé pour ne pas être là devant Béatrice, une pauvre ordonnance à la main, quémandant sa trithérapie, ces trois pilules dont il faudrait désormais subir la prise au quotidien. Subir le jugement des autres, aussi, des garçons. Le regard de Louis disait jamais on ne m'aimera. Le regard de Louis disait : le corps des autres n'est pas fait pour moi – s'il l'a un jour été. Comment tomber amoureux d'un mec comme moi ? Un raté, une masse de chair infecte, malade, contagieuse, atrophiée. Un corps qu'il avait déjà dû vendre, exposer, un corps disgracieux qui ne plaisait qu'à des mecs sur Internet qui vendaient eux-mêmes leurs services ou à des types qui ne cherchaient pas en lui un corps à aimer mais un corps à souiller. Tout dans le regard de Louis disait le renoncement. Je ne suis qu'une statistique, un amas d'eau et de graisse qui compte parmi les gens qui ne se protègent pas alors qu'on leur a expliqué mille fois qu'il fallait le faire, qu'il suffit d'une fois, que c'est irréversible. Béatrice s'en était voulu de l'avoir regardé comme ça. Il avait l'air triste et dépossédé. Elle lui avait filé ses médicaments sans rien dire, en contenant les larmes qu'elle sentait monter en le voyant si mal. Elle avait lu les diagnostics du médecin.

C'est ce que Pascal veut entendre. Il ne les comprend pas.

Béatrice le lui dit : le VIH de Louis lui a été transmis par sa mère, qui en était elle-même atteinte durant sa grossesse.

Ce n'est pas possible, dit Pascal. Nathalie ? Elle ne m'aurait jamais fait ça. Béatrice prend un air désolé. C'est ce que le rapport d'analyse donne à entendre. Nathalie aurait découvert sa séropositivité lors d'une prise de sang pendant sa grossesse. Mais c'était la fin des années quatre-vingt-dix, on n'y connaissait pas encore grand-chose en matière de traitement. On lui avait injecté des choses en lui assurant qu'il n'y avait qu'un très faible risque que le bébé soit infecté lui-même.

La clinique était tenue par un ami de Nathalie qui avait veillé à ce que Pascal ne soit pas mis au courant. Quelques jours après la naissance, lors d'une prise de sang chez le pédiatre, on avait assuré à Nathalie la séronégativité de son fils. Elle était soulagée mais ne ressentait plus rien par rapport à ce fils qu'elle avait failli faire mourir avant même qu'il naisse. Pascal comprend maintenant pourquoi Nathalie avait toujours refusé de coucher avec lui sans préservatif, après la grossesse : elle ne voulait pas lui transmettre le virus mais elle avait trop honte pour le lui dire. Pascal comprend aussi qu'elle ne se soit pas sentie capable d'être mère, de protéger son enfant qui avait déjà frôlé la perpétuité par sa faute. Pourtant, elle avait tout essayé pour dépasser ce sentiment. Elle avait bercé, bordé son fils, lui avait chanté des chansons, avait même insisté pour allaiter. C'est là que résidait son erreur. Louis avait juré qu'il n'avait jamais couché sans protection, sauf pour les fellations. Les médecins avaient d'abord pensé que c'était ça, le VIH pouvant être transmis par le moindre contact du liquide séminal avec une muqueuse. Seulement, en retrouvant dans celui de la famille le dossier caché de Nathalie, les médecins avaient appris à Louis la séropositivité de sa mère, ainsi que la prise de sang négative à sa naissance.

Savez-vous si votre mère vous a allaité ? Louis s'était alors souvenu d'un jour où son père, tout tremblant, lui avait raconté comment sa mère l'allaitait, assise sur le canapé, en le regardant avec ce que Pascal interprétait comme un regard d'amour. Louis se rappelait les bras d'une mère absente, une présence vide. Il pouvait le sentir à travers tous les pores de sa peau. Il avait répondu oui, je sais qu'elle m'a allaité. Les médecins avaient pris un regard défait avant de lui dire : c'est elle qui vous l'a transmis. On ne le savait pas à l'époque, mais si le VIH se transmet par le sang et par le sexe, il se transmet aussi par le lait maternel.

Apparemment, Louis avait quand même eu le système immunitaire résistant puisqu'aucun symptôme n'avait été découvert avant qu'il n'aille, de lui-même, après le fameux week-end chez Josselin, effectuer un test anonyme et gratuit de dépistage à l'hôpital de Manchester à Charleville, où il avait immédiatement été pris en charge, dès fin janvier. C'était lui qui s'occupait de l'administratif depuis ses quinze ans. Pascal détestait ça. Les cartes Vitale, les mutuelles, les assurances. Il avait été très facile de lui cacher cette nouvelle. Louis aurait pu vivre encore longtemps sans que Pascal sache quoi que ce soit.

Pascal se dit : j'ai laissé mon fils se dérober de lui-même. Il se sent comme lorsqu'il avait vingt ans et qu'il avait surpris une conversation à son sujet. Cette fois-là, il s'était rendu compte qu'on existe en double, qu'on a une première existence à soi, et une seconde qui appartient aux autres, à leur perception, leur opinion, leur avis. Il avait découvert que des gens qu'il pensait être ses amis avaient une tout autre vision de lui, qu'ils se moquaient de lui. Aujourd'hui, il éprouve ce même sentiment. Une existence au carré. Il y avait le Louis qu'il connaissait mais surtout le Louis des autres, celui qu'on lui raconte et qui, pour Pascal, est un étranger. Un garçon qui n'a rien à voir avec l'idée qu'il se faisait de lui – pas le fils irréprochable, peu soucieux des choses du corps, tranquille, sans problème, qu'il s'était imaginé.

Béatrice avait toujours lutté contre la perspective d'une vie sans surprise. Elle avait perdu son père tôt, quand elle était encore en médecine. Elle rentrait peu à Bogny. La vie ailleurs lui convenait, loin de ces gens qu'elle trouvait grossiers et gras, ces gens dont elle n'avait jamais plus voulu entendre parler. Elle voulait briller là où on ne lui traçait qu'un avenir terne, profiter de la jeunesse avant que les emmerdes n'arrivent. Béatrice était brillante et se devait de s'en aller, de s'engouffrer dans les études, l'abîme béant des choses à apprendre. Pauvre gamine, sale petite merde, travaille deux fois plus et on verra ce qu'on peut faire pour toi. Béatrice est arrivée à Paris, la ville de ses rêves où elle a passé – ou plutôt sacrifié – dix ans de sa jeunesse. Elle travaillait, outre la charge des devoirs fournis par l'université Descartes, dans une boutique du centre de Paris. Elle vendait des papiers peints, des coussins, des rideaux, des chutes de tissus si beaux qu'elle en rêvait la nuit. Plus tard, j'aurai ça.

Un jour, on l'appelle au téléphone. Ton père est mort – cancer du pancréas – on n'a rien pu faire. Une voix de télégraphe. Elle se rappelle la tristesse et le chagrin mêlés à une forme de soulagement. Elle avait couru gare de l'Est. Elle savait qu'elle courait pour faire bonne figure, qu'elle courait pour pouvoir l'annoncer aux autres, qu'elle avait couru comme une dingue et sauté dans le train en suppliant le contrôleur, les yeux embués, de la laisser monter aller voir son père mort, elle qui n'avait pas les moyens de rentrer. Deux ans et demi sans voir ses parents. Des années et des mois sans qu'ils lui manquent.

Elle ne se doutait pas que cette silhouette décroissante qui faisait signe derrière la vitre de sa voiture qui s'éloignait vers Paris serait la dernière vision qu'elle aurait de son père. Quand elle avait retrouvé Bogny, une chose était claire : si elle n'était pas encore tout à fait chez elle à Paris, recluse dans son minuscule appartement de la Butte-aux-Cailles, elle n'était plus ici chez elle. La scission était opérée – plus rien à faire. Elle avait revu ses frères, sa mère, ses voisins – comme si elle n'était pas là. Ils l'appelaient la Parisienne, trouvaient qu'elle était devenue quelqu'un d'autre, qu'elle se donnait des airs. Elle écoutait seule le chant des mouettes survolant la Meuse. Elle allait s'enfoncer dans la forêt – enfin la retrouver.

Louis allait vivre tout ça.

Elle aurait aimé pouvoir le lui dire. Il allait partir, galérer, mais enfin appartenir à un ailleurs plus prometteur que celui de son père qui n'avait jamais vu plus loin que le bout de sa Meuse. Louis était un garçon remarquable. Béatrice s'était beaucoup reconnue en lui. Confrontée à ses idéaux, ses aspirations altruistes, ses idées d'égalité, elle était allée s'engager pour les autres, pour les petites filles malchanceuses, elle était partie au Gabon, au Congo, au Nigeria, en Somalie, soigner des gens – sauver des vies. Crever demain mais crever autre part.

De retour à Paris, elle avait rencontré Paul, son mari, à une soirée à laquelle elle n'avait eu aucune envie d'aller. Une ancienne de l'internat de la Salpêtrière, Sophie, organisait une réunion. Elle avait dit oui mais le jour même n'en avait plus eu envie. Elle s'était forcée, avait appuyé sur la sonnette, un appartement de l'île de la Cité. Sophie était privilégiée comme personne. Paul avait ouvert, petit polo, pantalon fluide, pieds nus, cheveux en brosse, une vraie gueule de bourgeois, ils s'étaient regardés tous les deux un peu interloqués. Étonnés de se reconnaître sans s'être pourtant jamais vus. Quelque chose l'avait poussée à venir, comme si au fond elle savait qu'il allait être là.

Il s'était présenté, sourire en coin. Ils s'étaient fait la bise. Alors c'est toi, Béatrice ? J'ai souvent entendu parler de toi. Tu as rejoint Médecins du Monde, non ?

Il la regardait avec admiration et sans dissimuler son désir. Béatrice était béate. Elle se sentait à la fois morte et vivante. Elle avait dit bonjour à tout le monde, poliment – elle était la dernière. Elle avait parlé avec Sophie, veillant bien à ne pas perdre Paul de vue, qui lui rendait ses regards depuis l'autre bout de la pièce. Ils s'étaient rejoints sur le balcon face au pont d'Arcole, assis en tailleur l'un face à l'autre, parfois dérangés par les fumeurs qui venaient profiter de la vue. Paul ne fumait pas, comme Béatrice. Ils avaient passé des heures à parler. Chaque chose qu'elle apprenait de lui la faisait tomber sous le charme un peu plus : famille de la grande bourgeoise de Reims ayant fait fortune dans le champagne au début du siècle, Sciences Po, HEC, tout ce dont Béatrice rêvait, cette petite gueule de bourge dont tous les pores respiraient l'aisance. Il était brillant, comme elle, et il l'admirait.

Soudain, l'ailleurs c'était lui – plus question du bout du monde. Ils s'étaient vus et revus. Elle avait démissionné. Il voulait retourner dans l'Est, Paris l'ennuyait, elle aussi. Elle avait vécu les plaines et les lacs et ne voulait plus d'une jungle terne irriguée par le fleuve. Ils étaient partis tous les deux à l'aube d'un mardi ensoleillé. Paul avait trouvé du travail dans une agence immobilière à Charleville, agence qu'il avait fini par racheter, et Béatrice avait ouvert son cabinet chez ces pauvres gens qu'elle aimait bien en surface mais auxquels elle n'était qu'indifférente en substance. Des adolescentes engrossées à seize ans, fécondées comme des poules. Les garçons, encore pire, des porcelets agressifs qui ne savent pas écrire un mot sans faire de faute et qu'elle avait envie de gifler dès qu'ils ouvraient le groin. Elle s'était dit : jamais ça. Pour mes enfants : tout sauf ça.

Il y avait aussi les hommes comme Pascal, qu'elle avait rencontré plus tard. Un type presque mélancolique, et ce fils, Louis, qui forçait le respect. Elle aurait tout donné pour avoir un fils pareil. Ses fils à elle restaient des branleurs, qui avaient bien suivi les conseils de papa, avaient obtenu des notes moyennes dans des écoles privées super chères – qui avaient bien intégré que dans tous les cas ils étaient blindés.

Rien ne pouvait l'agacer plus, elle qui avait dû se battre contre ses parents, contre son propre père et la télévision sans arrêt allumée, hurlant avec ses copains de concert avec sa mère qui leur hurlait d'arrêter de hurler – sa mère, reléguée au statut de bruit ambiant.

Le jour de l'enterrement, elle s'était retenue de cracher sur sa tombe – une plaie ouverte que la terre allait cicatriser. Elle avait jeté une rose au-dessus du cercueil, comme une dernière goutte de sang versé. Adieu, crevure.

*

Pascal ne s'attendait pas à une telle logorrhée, mais il saisit d'où ça vient. Béatrice s'est attachée à Louis comme on s'attache à un arbre qui nous parle plus qu'un autre. Elle avait crevé d'envie de crier à Louis, de loin, qu'elle le soutenait, en attendant avec impatience le jour où il partirait, chargé de valises et d'espoir. Lui aussi allait devenir une contrée étrangère dont les gens parlent sans l'avoir jamais foulée.

Le VIH, putain. Elle pleure. Le coin de ses lèvres tremble sous l'assaut des larmes. Elle est belle quand elle pleure, pense Pascal, elle ne fait plus si acariâtre malgré ses souliers de catho de droite qui décidément peinent à trouver grâce à ses yeux. Elle dit pardon en s'essuyant les joues.

Ils n'ont encore rien mangé quand sonnent quatorze heures. Béatrice passe la tête par la fenêtre et constate que quelques grands-mères du coin sont déjà devant la porte, fidèles au poste, regardant leur montre. Elle s'essuie le visage, se passe de l'eau fraîche dessus, se mouche avec un bout d'essuie-tout puis remet ses lunettes.

Elle reconduit Pascal jusqu'à la porte et ils sortent tous deux de la maison. Elle le remercie de l'avoir écoutée et lui présente encore une fois ses excuses alors qu'ils descendent l'escalier. Il dit que ce n'est rien. Ils se serrent la main très formellement. Les vieilles accueillent Béatrice en l'acclamant.

Pascal rentre et s'attarde au jardin. Il a hâte de voir les tournesols fleurir. Louis les adorait. Il disait que c'était la plus belle plante au monde. Sur la tombe, Pascal avait déposé un bouquet de faux tournesols en attendant l'arrivée des vrais. Il se formule cette promesse: tous les ans à partir de maintenant, je ferai fleurir trois tournesols en souvenir de Louis.

Il remonte par la cave. Le sol y est inégal et Pascal y a entreposé tellement de choses qu'il est difficile de s'y frayer un passage. Il parvient cependant à atteindre l'escalier qu'il monte et dont la sortie se trouve dans le couloir, juste devant le salon, à droite des toilettes. Il force la porte couleur bleu clair en bois, qui résiste un peu, après s'être assuré d'avoir tout verrouillé. Il se dirige vers la chambre de Louis. Religieusement, il ferme la porte derrière lui en tâchant de faire le moins de bruit possible, comme on entre dans une église. Il s'assoit au bord du lit. Regarde par la fenêtre. On peut voir le jardin, la colline, le ciel, la Meuse, les quelques immeubles de la ville et les HLM d'à côté. Ils n'ont toujours pas enlevé leurs décorations de Noël. Généralement, ils les rangent pour Pâques, quand quelqu'un se dévoue. Pascal en a toujours ri. Il regarde autour de lui. Les murs sont vierges de toute peinture. Louis n'a jamais voulu les peindre.

Pascal se sent comme un intrus et quitte la pièce dans un soupir. Il se tient debout au milieu du salon et se saisit d'un verre qu'il remplit et qu'il descend cul sec. La brûlure lui fait du bien. Il a besoin d'air. Il ouvre la porte d'entrée et s'assoit sur les deux petites marches qui précèdent le seuil de la maison. Quelques voitures passent, Fred à bord d'une d'entre elles s'arrête pour dire bonjour et qu'il ne peut pas rester plus, qu'il a un chantier, qu'il appellera. Pascal est content, il voulait penser à Louis – seulement à Louis.

Épilogue

En finir

Une lettre est venue de Louis, adressée à sa mère – inconnue à cette adresse. Retour à l'expéditeur.

Pascal est entré dans sa voiture, la lettre à la main encore cachetée. Il a roulé les quelques kilomètres qui le séparent du parking du Champion de Monthermé et s'est garé un peu à l'écart. À midi, le magasin est fermé. Il n'y a personne. Il sort du parking et s'enfonce vers La Racine. Il se dirige vers l'extrémité de l'île, où la Semoy rejoint la Meuse, là où, dans une ultime étreinte, il avait senti son fils sans vie.

Il se tient droit quelques minutes. Plus aucun bruit, si ce n'est celui de la rivière qui conflue vers le fleuve. Pascal regarde la lettre. Il se décide.

Il sort un briquet de sa poche gauche, peine un peu à l'allumer, il y a du vent, il est obligé de se mettre contre la bourrasque. Il parvient enfin à produire une flamme qui vient lécher le coin en bas à droite de l'enveloppe. Ses mains ne tremblent plus. Il se replace face à la Meuse, fleuve honnête et autrefois rouge, sous le regard bienveillant des Quatre Fils Aymon derrière lui, ces quatre frères qui défièrent Charlemagne, réfugiés de longues années durant dans la dense forêt d'Ardenne, et des trois Dames de Meuse devant lui, ces trois sœurs adultérines, légendes prisonnières de la roche.

Alors que se consument les dernières traces de Louis, Pascal admire avec émotion le spectacle des cendres noires s'envolant vers le ciel. Pendant un court instant, l'espace d'une légère oscillation en cet après-midi d'hiver parmi les branches nues, Pascal est certain d'apercevoir l'ombre de celui qu'il connaît dorénavant, son fils, courir à toute vitesse sur les eaux calmes de la Meuse, se retourner et une dernière fois lui adresser un regard avant de s'éloigner pour rejoindre la vive couleur du ciel et l'épaisse fumée des usines.

pca
cmb
édition pré-presse
livres numériques

44400 Rezé

Imprimé en France par CPI
en août 2020

MIXTE
Papier issu de
sources responsables
FSC® C003309
FSC
www.fsc.org

L'Éditeur de cet ouvrage s'engage
pour la préservation de l'environnement
et utilise du papier issu de forêts gérées de manière responsable.

N° d'édition : 60497/01
N° d'impression : 158732